Une Deuxième Chance

Tome 1

© 2020, Valérie Greffeuille

Edition : BoB – Book on Demand

12/14 rond-point des Champs-Elysées, 75008 Paris

ISBN : 9782322205103

Dépot légal : Février 2020

Impression : BoD - Books on Demand, Norderstedt, Allemagne

Valérie Greffeuille

Une Deuxième Chance

Tome 1

Roman

« Le temps viendra où vous croirez que tout est fini. C'est alors que tout commencera. »
Louis L'Amour

À Alain, mon ex-mari qui sans le décider m'a laissé ce temps pour faire naître cette histoire.

Partie 1 : Phil

Phil

Le jour pointe derrière les collines. Le soleil fait son apparition et commence à inonder la vallée. Peu à peu les verts tendres de l'herbe et les pâquerettes baignent dans cette lumière et changent de couleur. On entend le chant des oiseaux et le doux clapotis d'un ruisseau. Cela ressemble au printemps, ni trop chaud ni trop froid, le climat idéal pour savourer la simplicité de ces lieux, s'asseoir sur la prairie et rester là le temps de prendre le temps.

Phil vient régulièrement se plonger dans cette nature pour se nourrir de sérénité, se remplir d'énergie pure, et être, seulement être. Il est arrivé bien avant le l'aube et s'est assis en tailleur à sa place habituelle, au beau milieu des grandes herbes. Noyé dans cette végétation il est invisible jusqu'au lever du jour. Les yeux presque clos, il paraît fixer l'horizon entre deux collines.

Il demeure en union avec l'espace qui l'entoure.

Maintenant, le jour se lève, les rayons du soleil réchauffent l'atmosphère. C'est très perceptible, et cette lumière vive donne à la nature endormie des couleurs éclatantes, réveillant les fleurs et les jeunes pousses à peine sorties du sol.

Il se passe encore un bon moment sans que Phil bouge d'un millimètre.

Il met fin à sa méditation au moment où les faisceaux lumineux viennent lui chatouiller les paupières. À cet instant précis il ouvre les yeux doucement, un sourire lisse et franc se dessine sur son visage empreint d'une grande sérénité.

Il contemple ce paysage enchanteur. Tous les jours sont différents même s'ils paraissent identiques; il suffit de regarder, d'écouter chaque son, de sentir chaque odeur.

Sa tête bouge légèrement, tournant de droite à gauche et de haut en bas, ses bras se tendent sur les côtés et vers le ciel, ses mains se joignent au-dessus de lui, il s'étire et expire profondément. Son corps se dénoue peu à peu, sans mouvement brusque, il se redresse comme s'il venait de se réveiller.

Debout face à la vallée, il reprend possession de ses membres et de son esprit. Après encore quelques minutes de presque immobilité, il se met en route vers un chemin de terre, quittant cette prairie.

✳✳✳

Phil appartient au monde irréel.

À la fin de son dernier cycle sur terre, il a eu le choix de repartir vers une nouvelle existence ou de rester dans cet entre-deux, il a opté pour demeurer dans l'après-vie et s'est porté volontaire pour assister ceux d'en bas ; il est devenu, comme d'autres, un « missionnaire ».

Il aide des gens qui sont entre la vie et la mort, confrontés au dilemme de « vivre » ou de « périr », ceux qui ont besoin d'un petit coup de pouce pour prendre l'ultime décision. Le coma c'est comme une parenthèse entre les deux mondes, on est là sans y être, dans l'attente de trouver la bonne solution. C'est une douleur pour les proches qui ne savent rien de cet état.

Phil va peu à peu s'immiscer dans leur inconscient. Seuls les êtres d'une grande sensibilité peuvent réagir à la présence de ces êtres des autres sphères. Des semaines peuvent être nécessaires ou quelquefois des mois avant de les voir manifester le moindre effet. Malheureusement dans certains cas le temps manque et la famille décide d'arrêter l'assistance médicale avant même un début de travail ou pire, lorsque le patient commence à bouger, mais sans que cela ait été décelé par l'entourage. Parfois les individus ne cillent absolument pas ou sont fermés à toute tentative extérieure, ce qui se résume au choix de quitter cette existence pour enfin être libéré du maintien en vie. Dans ce cas, il peut arriver que le missionnaire essaie de pénétrer l'inconscient des plus proches parents et surtout des plus compréhensifs afin de laisser aller l'être inanimé qu'ils refusent de voir mourir. La famille est résistante, surtout la première année, mais à quoi bon souffrir plus longtemps ? La tâche n'est pas aisée.

Phil a déjà suivi bon nombre d'individus et tous ne sont pas revenus à la vie. Ce type de traitement, si on peut l'appeler comme ça, nécessite une grande proximité avec le patient pour le faire réagir, et en même temps une distance suffisante pour ne pas intervenir trop dans son existence ou s'y attacher. Même pour des êtres détachés de la vie matérielle il est difficile de rester impassible. Il y a toujours, chez le patient allongé ou l'un de ses proches, une émotion surprenante. À croire qu'ils ressentent cette présence, c'est déstabilisant. Il est bien sûr hors de question pour le missionnaire de se dévoiler à quiconque.

Auprès des sujets il n'en est pas de même. La perception du missionnaire est primordiale, car c'est ce qui les fait réagir.

C'est par l'échange qu'ils ont avec lui que le choix se fait de rester ou de partir. Le vécu, les attentes de la vie, les souffrances, les êtres laissés derrière, tout pèse dans la balance, mais le patient est l'ultime décisionnaire de la requête finale. Aucun missionnaire n'a le droit de le faire à sa place; il a le devoir de l'aider à faire ce choix et de s'en tenir là.

Phil est assez apprécié pour le travail qu'il apporte. La constance et la sensibilité font partie de ses qualités, il sait apaiser et trouver les mots justes.

***

Il marche depuis longtemps maintenant sur un chemin escarpé et sinueux à flanc de montagne. Le paysage a changé et se modifie régulièrement en fonction de son état d'esprit. Auparavant, il était au bord d'une plage évoluant sur le sable, ensuite près d'une rivière vive et entourée d'arbres immenses.

Lors de la dernière réunion, il s'est porté volontaire pour un nouveau traitement et ses pensées sont concentrées sur son prochain patient, une jeune femme qui est plongée dans un coma profond depuis presque trois mois et ne présente aucun signe d'éveil.

Le choix

Il a en mémoire les différents cas entre lesquels il avait eu à choisir : un adolescent tombé dans le coma suite à un règlement de compte aux Pays-Bas; une femme médecin inconsciente depuis une chute de ski au Canada; et une autre femme victime d'un accident de voiture en France.

Les informations personnelles de chaque individu sont limitées. Il ne connaît ni leur mode de vie ni leur famille, il en saura plus après avoir pris sa décision.

Il ne met pas longtemps à définir celui ou celle dont il va s'occuper.

Il a écarté l'adolescent, sa précédente intervention, particulièrement douloureuse pour lui, était justement auprès d'un jeune. Il était entouré par des parents aisés et aimants, ce dernier n'aspirait qu'à quitter cette vie. Il était profondément malade, atteint de schizophrénie, et avait eu des périodes de prise de drogues dures, ce qui l'avait conduit au coma. Durant des mois, Phil avait tenté de le ramener à la vie. Après un début de traitement sans aucun effet, il avait su toucher son inconscient et entrevu un espoir de retour. Il s'était accroché à cette lueur, multipliant ses visites, s'efforçant de le voir souvent; il était tellement près du but, il le sentait. Et puis un jour il s'était rendu compte que cet éclat s'était éteint, comme si le garçon s'était ressaisi d'un coup, comprenant qu'il allait de revenir à la vie s'il laissait son hôte le guider. À partir de ce jour, Phil n'avait rien pu faire pour lui. L'adolescent était définitivement et irrémédiablement déterminé à quitter le monde des vivants.

Phil a été anéanti par cet échec. C'est comme ça qu'il avait vu son intervention : un énorme échec. Tous les membres du conseil l'avaient rassuré, car ce genre d'issue n'est pas rare on ne peut rien faire contre une telle résolution. « Nous ne sommes pas là pour cela, mais juste pour aider : si quitter le monde des vivants est le choix du patient, il faut laisser faire. »

Ils lui avaient alors suggéré de se donner un peu de temps avant de revoir un être inconscient.

L'autre option est la toubib. Il l'a écartée ne voulant pas avoir affaire à une personne trop cartésienne comme le sont souvent les médecins traditionnels, avec toujours une explication médicale à la clé.

Le choix a donc été facile, la jeune femme victime d'un accident de voiture.

Elle se trouve en France. Tous les Français qu'il a connus étaient des gens assez ouverts, leur culture lui plaît et leur langue aussi. Cet environnement français l'attire. Bien qu'il sait qu'il ne quittera sans doute pas l'hôpital, il se dit qu'il percevra tout de même des images et entendra parler français en tous cas.

Il a maintenant besoin de précisions sur sa future patiente afin d'être plus à même de traiter son cas.

C'est pour cela qu'il marche depuis tout ce temps. Il doit rencontrer son mentor, Adrien. Il aime ce personnage atypique, calme, doux, compréhensif et toujours souriant, c'est un être qui apaise par sa seule présence.

En quittant le fil de ses pensées pour revenir à son avancée, il voit se dessiner tout simplement devant lui le chemin qui mène au lieu de vie d'Adrien. Il est décidé à le rencontrer et à lui parler. Il se sent prêt à démarrer ce traitement.

Phil trouve Adrien dans son jardin, un bloc de papier à la main en train de griffonner.

Il aime l'environnement que s'est créé Adrien. Sa demeure est à moitié troglodyte. Sur le devant, là où se tient Adrien à cet instant, un muret de pierre emprisonne un tapis de verdure. La maison bénéficie d'une vue plongeante sur la vallée. Quelques grands arbres rassurent par leur présence et occupent l'espace en contrebas.

Adrien pose son bloc de dessin comme s'il était temps de passer à autre chose, comme s'il savait que quelqu'un se trouve à proximité. Il pivote sur sa gauche et lève les yeux vers Phil.

– Bonjour Phil, comment te portes-tu ?
– À merveille.
– Alors, j'imagine que si tu viens me voir c'est que tu as choisi ma protégée comme patiente ?
– En effet...
– Es-tu sûr de ta décision ?
– Absolument.

Mais Phil est encore plongé dans ses pensées et répond d'une manière vague.

– Tu as pourtant l'air hésitant.

– Non, je ne le suis pas, je me remémore seulement l'adolescent que j'ai suivi la dernière fois et je ne suis pas sûr de vouloir me pencher sur ce type de cas.

– Oui c'est compréhensible, mais tu sais que nous sommes là pour aider les autres à...

– Bien sûr, c'est juste que j'ai besoin d'un peu de temps.

– Ne te justifie pas, traiter un enfant ou un adolescent est bouleversant pour tout le monde, d'autant plus quand la finalité échoue.

– Oui, plutôt.

– Donc tu as sélectionné la jeune Française ?

– Oui.

– Y a-t-il une explication qui anime ce choix ?

– Non, enfin peut-être...

– Veux-tu préciser ?

– En fait, je sais surtout pourquoi je n'ai pas pris les deux autres. L'adolescent pour les raisons que je viens de dire. La toubib parce que je me trouve loin des médecins traditionnels par les quelques expériences que j'ai eues. J'ai de plus en plus de mal à pénétrer leur inconscient.

– Tu as finalement fait un choix par élimination.

– Oui, c'est plutôt ça. J'aime quand même le fait que ce traitement soit en France. J'ai toujours été attiré par cette culture, sans doute est-ce lié à mes derniers parents. Je crois que j'aurais aimé y vivre.

Adrien semble pensif et presque contrarié.

– Y a-t-il un problème Adrien ?

– Non, aucun. Tu vas donc pouvoir passer un peu de temps en France en sursis... dit-il enfin, un peu amusé.

– Oui... c'est un choix facile finalement.

– Ne t'emballe pas trop, ce cas ne sera sans doute pas le plus simple. Ce sera différent, je te l'accorde, mais pas si aisé.

– Mmmm, d'accord. Bon, de toute façon je suis prêt à prendre un nouveau patient.

– Je serais toujours là pour t'aider, quoi qu'il en soit. Veux-tu que nous parlions de cette jeune femme ?

– Oui bien sûr, je suis là pour ça.

– Parfait ! Laisse-moi ranger mon bloc et allons marcher tout en discutant si tu veux bien.

Phil est impatient d'en savoir un peu plus maintenant. Adrien se lève et l'invite à le suivre sur un petit chemin empierré. L'air du matin est frais et le soleil brille, c'est une magnifique journée pour prolonger sa précédente promenade.

– Cette jeune femme s'appelle Lila. Elle a 28 ans et elle est dans le coma suite à un accident de voiture, je crois que tu connais cette information.

– Oui. Dans quelles conditions a-t-elle eu cet accident ?

– C'était une après-midi sombre avec une forte pluie. Elle a pris une bretelle d'autoroute et n'a pas vu le semi-remorque qui était en train de se rabattre sur la voie de droite. Le conducteur du poids lourd n'a pas pu se décaler sur la gauche pour la laisser passer; elle s'est retrouvée coincée entre lui et la barrière de sécurité. Le chauffeur a commencé à freiner, mais comme la chaussée était très glissante il y a eu dérapage, et sa remorque s'est complètement retournée. La voiture de Lila était prisonnière, elle a stoppé après plusieurs centaines de mètres, presque totalement écrasée.

– Elle aurait pu y rester, dit Phil.

– Oui, c'est un miracle qu'elle en soit sortie vivante, enfin, physiologiquement.

Il continua son récit et Phil l'écoute sans l'interrompre. Ils suivent maintenant un sentier de la colline juste assez large pour y marcher côte à côte, ils se frôlent par moment.

– Elle est dans le coma depuis trois mois. Avant cet état et du coup son accident, elle avait subi la perte effroyable de sa sœur dans le courant de l'année.

– Morte ?

– Oui, elle s'est suicidée. Adrien surveille la réaction de Phil.

– Je vois...

– Ne regrettes-tu pas ton choix maintenant ?

– Non, bien sûr que non, je vais apprendre...

– Oui, c'est certain. Lila n'avait plus aucun goût de la vie depuis le décès de sa sœur. Sa famille pensait qu'elle avait surmonté cette perte, mais il n'en était rien. Elle pleurait très souvent lorsqu'elle était seule. Si elle a pris cette bretelle d'autoroute des larmes plein les yeux avec le temps qu'il faisait, l'accident était inévitable, presque évident.

– Oui, ça me paraît plus que plausible. Elles devaient être vraiment très liées pour qu'elle ne se soit pas remise de ce décès.

– Oui, comme des jumelles. Sa sœur Iris est née deux ans après Lila. Elles étaient très complices et ne se quittaient jamais lorsqu'elles étaient enfants. Plus tard elles se sont toujours débrouillées pour se voir le plus possible.

– Oui, comme deux vraies jumelles !

– Effectivement.Complètement.

– Qu'en est-il du suicide d'Iris ?

– Elle a sauté du haut d'un pont le jour de ses noces.

– De ses noces ?

– Oui, et contrairement à ce qu'on pourrait croire au premier abord, ce n'est pas par dépit de se marier, mais par désespoir d'avoir perdu l'être aimé le jour de ses noces.

– Il s'est…

– Il a disparu, envolé, comme s'il n'avait jamais existé !

– Le jour des noces...

– Oui. Elle l'a attendu devant l'église et il n'est jamais venu. Ensuite, elle aurait marché au hasard jusqu'à un pont, déprimée elle aurait enjambé la balustrade. Maintenant, tu en sais à peu près autant que moi.

Le cas est bien plus compliqué qu'il ne l'a imaginé, mais Phil se sent assez fort pour ce traitement. Sans doute que la balade et les bonnes énergies reçues d'Adrien ont fait leur effet.

– Quel est l'état de Lila ? demande-t-il sortant de ses réflexions.

– Stationnaire, mais vois-tu, je ne veux pas trop tarder, car une partie de la famille commence à se poser la question de la débrancher. Ils parlent beaucoup dans le service à ce sujet. Un des médecins a eu une conversation dans ce sens plus poussée avec un membre de la famille.

– La perte d'un second enfant est sans doute insoutenable. Comment peuvent-ils avoir cette idée-là ?

– La mère de Lila s'y oppose et fera tout pour la sauver. C'est une femme forte qui a la tête sur les épaules, mais il s'avère que si on lui prouve que l'assistance ne sert plus à rien, elle n'ira peut-être pas contre la proposition des médecins.

– Qui est le reste de la famille ?

– Le père, des cousins. Beaucoup de proches et d'amis gravitent aussi autour d'elle…

– Quel personnage représente le père ?

– Très instable, rien à voir avec la mère, il est suivi par un psychiatre depuis presque toujours, il semble qu'il fasse analyse sur analyse. Il vient à l'hôpital bien moins souvent que la mère de Lila. Il prendra parti si on lui suggère de stopper l'assistance respiratoire. Il n'a pas de véritable opinion et nous craignons une décision irrémédiable de sa part.

– Aime-t-il moins sa fille ?

– Non, je suis sûr que non. Mais comme il est sous médocs et encore plus depuis que Lila est entrée dans le service, il n'a pas d'idée personnelle de la situation et se range facilement au dernier avis reçu.

– Je vois. C'est un élément dangereux en fin de compte.

– Assez, oui. Au fait, les parents sont séparés depuis pas mal d'années.

– S'entendent-ils bien ?

– Pas vraiment, il n'y a pas de communication entre eux, ils ne sont jamais d'accord sur rien. La mère de Lila ne se bagarre jamais avec lui, préférant jouer la carte de l'indifférence.

– C'est plutôt intelligent comme attitude.

– Oui, et ça évite bien des conflits.

– Je suis de cet avis. Quand puis-je intervenir ?

– Dès que tu te seras prêt.

– Parfait. Je le suis quasiment. Je rentre chez moi pour mettre de l'ordre dans mes pensées et je peux démarrer juste après.

– Très bien. Tiens-moi au courant après ta première visite pour me donner ton appréciation générale. Ensuite, comme d'habitude, je te laisserai œuvrer comme tu sais le faire.

– Bien sûr, dès que je serai revenu je passerai sans doute par chez toi.

– Parfait. Je ne te retiens pas et te dis à bientôt.

– Oui, à bientôt Adrien.

Adrien regarde Phil intensément. Ses yeux sont rieurs, ses cheveux blancs dans le soleil lui confèrent un air encore plus surnaturel. Phil sourit à son tour et tourne les talons. Seul sur le chemin escarpé, il a l'unique idée de rentrer chez lui sans tarder, de se poser juste le temps nécessaire et de partir vers cet hôpital.

Il se retourne et lève la main en signe d'au revoir vers Adrien. Il est déjà en route vers son refuge. Il n'a qu'une envie désormais, découvrir l'environnement de tous ces gens, voir ce qu'il peut faire pour aider Lila à poursuivre sa vie, et revenir parmi les siens si tel est son désir profond.

Il se sent ragaillardi par sa conversation avec Adrien, il est pressé maintenant de reprendre du service. Adrien regarde la silhouette de Phil s'éloigner jusqu'à ce qu'elle disparaisse entre les grands arbres assombrissant l'espace.

Dès qu'il s'efface complètement, il cligne des yeux et se retrouve dans un tout autre lieu, il se situe sur un chemin au bord d'une plaine.

Il reste un moment coincé entre ces deux moments, celui de son entretien avec Phil et celui du déplacement de son corps sur le sentier.

Il se remet en marche et observe cette plaine de part et d'autre de cette petite allée, bientôt il voit une montagne devant lui, le chemin a l'air de continuer, plus escarpée, il l'emprunte. Il grimpe entre deux zones rocheuses, le passage est assez facile au début puis de plus en plus difficile.

Plus loin il franchit un pont, dessous se trouve une chute d'eau, le débit est fort si bien que le bruit est assourdissant et les gouttelettes qui s'en dégage le trempent presque complètement. De l'autre côté du pont, le sentier n'est pas moins ardu. Il grimpe toujours et maintenant est proche du flanc de la montagne, le passage est noyé sous de gros cailloux qui roulent sous ses pieds, il a du mal à ne pas tomber.

Il continue d'avancer, il le doit, il sait que l'espace autour de lui ne changera pas tout de suite, comme par enchantement, comme il a l'habitude de le vivre, il doit dépasser cet espace accidenté.

Après ces passages escarpés, il retrouve un terrain plus simple, encore très étroit, mais plus rassurant. Il sort enfin de cette zone scabreuse, le chemin descend vers une nouvelle plaine, comme celle du début de sa marche.

Il stoppe un moment, ferme les yeux comme pour mieux réfléchir, il s'installe dans une méditation pour faire revenir le calme à l'intérieur de lui.

Lorsqu'il relève ses paupières, il est au même endroit. Il se retourne et ne voit plus le l'accès qu'il vient d'emprunter, comme s'il n'avait jamais existé.

Il ne paraît pas contrarié, il semble songeur.

Il repend sa marche plus lentement cette fois. Au bout de peu de temps, il sent des mouvements aux abords des massifs, quelques animaux s'y trouvent, ils ont l'air de vouloir jouer avec lui, il sourit franchement comme un enfant qui aurait découvert un trésor.

Il se remet en route gaiement, attentif aux bruits furtifs qui le suivent à bonne distance. Il ne se retourne pas. Il écoute l'agitation qui devient de plus en plus intense. Il continue à avancer plus doucement, il sait que s'il se tente d'y jeter un regard, les petits êtres enchanteurs disparaîtront. Il stoppe son pas au bout d'un temps qu'il estime suffisant sur ce chemin, immobile, les yeux clos comme s'il intimait à sa conscience que le temps est venu de rentrer.

Les bruits s'éloignent et s'évanouissent dans les paysages.

Lorsqu'il regarde à nouveau, il remarque le chemin au bord de la forêt proche de chez lui, sans surprise aucune, comme si tout est le plus naturel du monde il reprend sa marche jusqu'à sa maisonnette.

En arrivant dans son espace de vie, il trouve son bloc de dessin à l'endroit où il l'avait abandonné. Il n'hésite pas quant à savoir s'il fera quelques croquis de plus, le temps est passé et pour l'heure il doit se concentrer.

Peut-être que le suivi de Lila ne sera pas aussi simple en définitive, le chemin très varié parcouru avant de rentrer est un signe que les difficultés ne seront pas épargnées. Il sourit finalement, un traitement trop facile ne laisse pas de souvenir. Il espère toutefois que la finalité sera bonne, bizarrement il présume que ce sera le cas, mais il a sait déjà que les obstacles seront au rendez-vous.

Adrien relève la tête vers le sentier par lequel Phil est arrivé plus tôt, il reporte ses pensées sur lui. Il a une réelle affection pour lui, il le trouve très humain bien qu'il ne le soit plus du tout, c'est un personnage posé et réfléchi.

Phil est parmi eux depuis quelque un bon moment, une ou deux dizaines d'années, le temps importe peu ici et ne se compte d'ailleurs presque jamais.Adrien a déjà travaillé avec lui et apprécie sa manière de procéder. Phil a toutes les qualités requises pour l'approche de ces individus « entre-deux » comme il se plaît à dire. Il est d'un naturel calme, et la compassion fait partie de ses attributs aussi. Il retrouve un peu en lui celui qu'il était lui-même à ses débuts. Adrien sourit à nouveau à ces pensées.

Reportant ses yeux sur son bloc de dessins, il le range ainsi que ses crayons. Il serait bien resté sous le grand arbre, mais son état d'esprit est différent maintenant, il doit lui aussi se préparer au traitement que Phil doit mener.

Première rencontre

Un brouillard envahit tout l'espace autour de Phil, il est d'un blanc épais et éblouissant, peut-être plus que lors de ses anciennes missions, il a le sentiment qu'il met plus de temps à se dissiper. Peut-être est-ce parce qu'il a l'impression qu'il s'est écoulé un siècle depuis sa dernière expérience, il a sans doute laissé de côté cette impression. Malgré cette opacité il perçoit près de lui la présence de celle qui serait sa patiente pour un bon moment, il entend très clairement le bruit du scope de la surveillance cardiaque.

Phil reste sur place, calme et détendue, sans se mouvoir, il ferme les yeux en attendant que l'atmosphère retrouve sa fluidité. Il ressent Lila près de lui, tout ce qu'il peut déceler comme un aveugle qui a tous ses autres sens décuplés, l'environnement, l'air ambiant, les odeurs, les sons, tout est là, il discerne tout. Hors mis le scope qui occupe l'espace, il entend des bruits venant du couloir. La chambre a été nettoyée, et aérée, l'air de la nuit a été remplacé par celui de l'extérieur avec ce fond de fraîcheur. L'espace n'est pas surchauffé.

Phil ouvre alors les yeux franchement et l'épais brouillard se transforme rapidement en un simple voile blanc qui disparaît devant lui, s'envolant comme une étoffe de soie dans une brise légère. La lumière naturelle éclaire la pièce. Il mesure mieux l'espace autour de lui, les sons paraissent plus étouffés maintenant, recouverts par les bruits des appareils.

C'est la fin de la matinée, dans les couloirs les infirmières rangent leurs chariots remplis de flacons et de médicaments, les différents soins et massages sont terminés. L'heure des visites n'est pas encore là, ce qui va lui permettre de mieux s'imprégner du lieu pour cette première fois.

La pièce est vaste, la lumière vient de l'extérieur, elle pénètre généreusement par une large baie aux vitres coulissantes, suivie d'un balcon où il distingue deux chaises et une petite table ronde. Il imagine les proches de Lila installés là, patientant que la jeune femme se réveille. Elle aussi a l'air d'attendre entre ici et ailleurs. Au moins eux, ont le loisir de profiter de la belle vue qui se dévoile aux yeux de Phil maintenant : le parc est très arboré, la pelouse bien entretenue et ponctuée ça et là de bosquets de plantes fleuries. C'est le tout début du printemps, mais dans cette région du sud de la France tout semble précoce, les bourgeons sont pressés de voir comment ça se passe dehors, il en sourit.

Il se concentre sur l'intérieur et tend l'oreille vers le couloir. Il n'entend pas de bruit de sabots claquant sur le sol, à vouloir rattraper le temps qui file à toute vitesse. Pas de sons de chariots grinçant ou roulant trop vite, bringuebalant et faisant s'entrechoquer toutes sortes d'objets métalliques, pas de rires ou de conversations à voix trop haute non plus. Il ressent un réel souci du respect des patients, cela lui plaît et va rendre son travail plus facile que dans un endroit agité et bruyant. Cette quiétude va l'aider à pénétrer l'inconscient de Lila d'une manière plus sereine.

Une légère odeur sucrée et florale envahit l'espace et atteint les narines de Phil. Il sort de son travail d'observation et se demande si c'est le parfum de la jeune femme que l'infirmière aurait utilisée sur sa patiente. Mais en regardant de plus près, il aperçoit l'immense bouquet de fleurs fraîches posé sur un guéridon à mi-chemin entre la porte et le lit.

Il dirige ses yeux vers le matériel médical accroché au mur, le scope cardiaque est régulier. Il peut aussi lire quelques documents laissés sur place, un tableau d'échelle de Glasgow révèle un score de 3 qui n'est pas très réjouissant, mais plus bas un autre score de 3 est noté sur l'échelle Glasgow-Liège : il s'agit du Réflexe photomoteur.

Il relâche son attention de cette partie médicale de la pièce pour se diriger au pied du lit de Lila. Il se demande combien de temps il lui faudra pour réagir - à supposer qu'elle le fasse un jour.

Phil reste à une certaine distance pour jauger sa masse corporelle de la jeune femme, elle doit mesurer environ 1m70, elle est mince, ses mains sont posées à plat sur le lit, ses doigts sont fins. Elle porte une chemise de nuit en coton rose poudré, nouée sur les côtés, un simple drap recouvre ses jambes, ses bras sont nus.

Il se concentre sur son visage, ses cheveux châtains clairs sont retenus délicatement par un bandeau couleur pêche. Elle paraît dormir comme une enfant, elle semble paisible et tellement lointaine aussi.

Il se rapproche d'elle. Il s'attarde sur les contours de ce visage, d'un bel ovale, son teint est pâle, sa peau fine et lisse. Les yeux étant clos il ne peut voir leur couleur, il les imagine clairs, peut-être marron, mais probablement clairs.

Il soupire, d'un soupir un peu las. Comment va-t-il procéder avec elle ? Va-t-elle réagir ? Il l'espère, car elle est encore très jeune et elle a sans doute des milliers de choses à vivre dans cette vie, avec, il en est sûr. Des gens qui l'aiment et qui n'attendent que de la voir revenir parmi eux.

Il continue à la regarder et sent une sorte d'inquiétude l'envahir. Qu'est-ce qui provoque cela ? A-t-il la crainte de ne pas parvenir à un résultat positif ?

Il recule et quitte Lila des yeux, il parcourt à nouveau la pièce, il a le sentiment que quelque chose lui échappe, quelque chose qu'il n'aurait pas vu et qui semble essentiel, peut-être même le plus important. Comment est-il possible que je passe à côté de quelque chose se dit-il, tout est là.

Il entend les pas d'une infirmière dans le couloir qui se rapprochent de la chambre de Lila, il sent qu'elle est sur le point d'entrer. Bien qu'il soit invisible à tout être humain il veut garder les seules impressions liées à cette première visite sans que rien d'autre ni personne ne puisse modifier ce ressenti. Il choisit donc partir avant d'éventuelles rencontres extérieures. La poignée de la porte bouge légèrement ; l'infirmière est en train de répondre à un homme, infirmier apparemment vu le contenu du dialogue, elle parle maintenant de Lila et dit que sa mère est au bout du couloir pour sa visite matinale.

L'idée de voir la mère de Lila plaît à Phil, il la verra lors d'une prochaine visite, cela l'aiderait sans doute dans son travail se dit-il, mais pour l'heure ce n'est pas le moment, c'est bien trop tôt.

Il doit se recentrer pour quitter les lieux sans délai. Il va revenir rapidement, car cette impression d'avoir omis quelque chose le perturbe un peu. C'est étrange, se dit-il.

Au moment où il repart dans son épais brouillard, il entend la voix de la mère de Lila qui s'adresse à l'infirmière, cette voix est sûre, chaleureuse et très douce à la fois, il se souviendra de cela.

Premières impressions

Phil est encore enveloppé de l'épais brouillard quand le sentier qu'il avait emprunté juste avant de partir réapparaît sous ses pieds comme par magie. Le retour est plus rapide. Il ressent toutefois un léger tournis en touchant le sol et toutes les sensations bizarres de ses débuts lui reviennent comme à sa première fois.

Il reprend ses esprits, cela le fait sourire, il a l'impression d'être un novice alors qu'il a fait ce voyage à plusieurs reprises. Il regarde autour de lui, les arbres semblent immenses, peut-être plus grands qu'avant son départ. Le temps n'est pas obscur, mais ces arbres sont tellement gigantesques qu'ils assombrissent l'espace, Phil est un peu déstabilisé par ce changement soudain de paysage, il trouve cela merveilleux, mais perturbant.

***

Le souvenir de la première visite vers Lila lui revient à présent. Tout s'est passé trop vite, il en a conscience, il se doit d'y retourner avant de faire un premier point, il lui manque des éléments essentiels pour le faire. Tout en y réfléchissant, il se met en marche tout naturellement sur le chemin qui se dévoile devant lui est entouré de grands arbres. Phil a hâte de se retrouver un peu seul et de faire le vide.

Il n'a pas fait dix pas qu'il entend une voix chaleureuse et enjouée dans son dos. Il se tourne et voit Adrien qui s'avance vers lui avec une mine réjouie, un sourire aussi large que son visage.

– Bonjour Phil, j'ai comme l'impression que tu arrives directement de France, je me trompe ? demande-t-il ironiquement.

– Non, effectivement tu ne te trompes pas, répond Phil sur un ton détaché.

– Ta visite s'est elle mal passée ? s'enquiert Adrien, l'air inquiet.

– Non, pas le moins du monde. C'est seulement une première fois et je n'ai pas encore bien évalué les premiers ressentis perçus sur place.

– Je comprends. Je te sens toutefois perplexe.

– Et bien, je retrouve les sensations de mes débuts, c'est sans doute parce que je n'ai plus fait ce voyage depuis pas mal de temps.

– C'est possible, mais j'ai l'impression qu'il y a autre chose.

– En fait j'ai dû partir précipitamment, car du monde arrivait et je ne voulais pas me trouver avec d'autres personnes durant cette première rencontre avec Lila. J'ai le sentiment d'avoir omis quelque chose, c'est étrange.

– Oui ça se produit ce genre de perception, même pour nous… dit Adrien se voulant rassurant.

– Je vais y retourner très vite de toute façon et je verrai bien ce qui a pu m'échapper, dit Phil, devançant une question de plus.

– Phil, tu devrais laisser passer un peu de temps, je n'ai plus de conseil à te donner, mais rappelle-toi qu'il est de bon augure de faire décanter les premières réflexions pour mieux intervenir après.

– Oui, je sais, mais dans ce cas précis j'ai l'impression d'avoir vraiment manqué de temps et j'aimerai terminer cette première visite. Je vais me poser un moment et me concentrer sur tout ce que j'ai pu percevoir de toute façon.

Phil veut faire tout son possible pour que Lila reprenne le cours de sa vie. Il comptait sur cette marche pour y réfléchir posément, mais l'arrivée d'Adrien, bien que rassurant, l'a perturbé dans cette avancée. Il ne s'est pas trouvé par hasard sur son chemin, et la sensation d'avoir omis quelque chose est maintenant plus forte.

– Phil, je sais ce dont tu es capable et j'ai confiance en toi. Tu as fait une longue pause et les traitements que tu as suivis par le passé étaient de surcroît compliqués, ils n'enlèvent rien à la qualité de ton travail. Tu dois agir comme tu le sens.

– Merci de me faire confiance Adrien.

– Très bien Phil, je continue ma route. On se revoit plus tard pour parler de Lila.

– Oui, à plus tard Adrien.

Phil reprend sa marche sur le sentier en direction du lieu qu'il a choisi pour écouler son temps ici. Il regarde machinalement ses pieds. Son pas est devenu lourd.

L'atmosphère change d'un seul coup. La végétation se resserre de part et d'autre du chemin, il se trouve maintenant au milieu d'une forêt d'arbres toujours immenses, mais plus comprimés, ce qui réduit fortement la lumière. Il lève les yeux vers leurs cimes, il peut ressentir l'énergie de ces êtres gigantesques autour de lui et il se sent à nouveau plein d'entrain. Quelle magie que cet environnement qui s'adapte à vos pensées, à vos états d'âme.

En s'approchant de son lieu de vie, Phil entend quelques enfants jouer ensemble. Il s'avance encore et se trouve au bord du champ qu'ils occupent pour s'adonner à leur activité favorite qui est le foot, même ici !

Le ballon arrive presque dans ses mains et il se met à courir en direction de l'équipe qui se maintenant crie son prénom avec enthousiasme. Phil prend part à leur match et sans y réfléchir range un peu ce qu'il vient de vivre.

La partie est enjouée et dure jusqu'au coucher du soleil, Phil est transpirant, lessivé et heureux d'avoir participé à ce jeu. Ce ballon est apparu au bon moment.

Refuge

Dans son antre solitaire et paisible, Phil écoute un peu de musique. Il a choisi « Le silence de Beethoven » de Cortazar, pour la douceur et la sérénité de ce morceau qui l'aide à se concentrer, se poser.

Lorsqu'il était en mission, dans sa vie d'avant, celle des hommes, il avait toujours des moments de retrait où il pouvait, grâce à quelques ballades, se ressourcer et prendre du recul par rapport au chaos où souvent il se trouvait. Rituellement, il avait de la place dans ses bagages pour quelques disques. Ici il a conservé cette habitude, dans le pays de l'autre monde, un repère musical pour recaler son esprit, le charger de notes douces et apaisantes.

Tout en laissant se déverser les sons de la symphonie entre ses murs, il ouvre sa porte. L'air est tempéré, le soleil vient de se lever et une brise légère parcourt déjà sa pièce principale, un grand espace dans lequel il passe le plus clair de son temps. Phil aime la solitude. Il en a besoin presque tout le temps, cela l'aide à se recentrer. Il a voulu faire de cet endroit un havre de paix et à ses yeux c'est une réussite. Sa maison était décalée par rapport à ses semblables, incrustée dans un tertre qu'elle épouse parfaitement avec sa toiture végétalisée. De grandes baies ouvrent sur la plaine en contrebas où pousse une forêt dense de cèdres et autres résineux. Un fauteuil club près d'une de ces percées permet d'apprécier le paysage tout en restant à l'intérieur.

Dans le fond de cette pièce se trouve une petite surface un peu rehaussée par un plancher en bois brut sur laquelle Phil a installé une superposition de tapis et de coussins. Un pan de mur entier est recouvert d'étagères remplies de livres, d'objets insolites comme quelques cailloux ramassés au gré de ses promenades ; des bâtons d'encens y brûlent souvent ainsi que des bougies. Le coin idéal pour se recentrer, s'apaiser lorsque c'est nécessaire, mais aussi méditer, c'est l'espace le plus intime de sa maison.

Les quelques enfants du village qui viennent parfois lui rendre visite gagnent tout simplement ce lieu, ils s'y allongent et se restent un moment, se vidant du trop d'énergie de leurs courses effrénées dans la nature et s'envahissent du calme dont est chargé cet endroit.

Lorsque Phil s'absente, il lui arrive de trouver en revenant chez lui la marque du passage d'un de ces visiteurs, un bouquet de fleurs, un petit caillou ou un joli dessin. Un bloc de papier posé sur une table basse est là pour y laisser un mot, une phrase ou justement un crayonnage.

***

Alors qu'il a prévu de réfléchir au traitement de Lila, son esprit se laisse emporter par des pensées vagabondes, il met du temps à s'installer dans son espace de méditation. Peut-être n'est-ce pas encore le moment.

C'est alors qu'il entend des conversations enjouées tout près de chez lui. Il jette un œil vers l'extérieur et voit un groupe de gens qui avancent à grands pas en riant et en chahutant. En un instant il est entouré de Sophia, John, Cécilia, Robert et un dernier qu'il ne connaît pas. Robert est le premier à calmer sa joie et lui présente Julien qui vient d'arriver. Phil interroge sur l'origine d'une bonne humeur aussi débordante, et c'est Sophia qui commence à relater comment Julien a réussi une entrée plutôt fracassante au milieu de nulle part. Julien rit à écouter les autres exposer les faits : « Il s'est mis en marche alors qu'il était encore au milieu de son épais brouillard et a fait une majestueuse roulade jusqu'au bas d'une pente abrupte. En plus de cela, il est arrivé dans une mare boueuse où quelques cochons s'y trouvaient, pour finir et après être parvenu à se sortir de là sous nos rires, il a trébuché dans un tas de foin où broute une jument blanche qui a henni sous son nez. Il a finalement été sauvé par les quelques enfants qui jouaient tout près, après avoir réalisé son état, il nous a rejoints en se marrant. »

Phil rit maintenant à les écouter lui conter cette histoire rocambolesque. Cécilia agrémente sa partie de grands gestes alors que John mime certains épisodes. Tous rigolent ensemble, se rappelant par la même occasion l'arrivée de chacun avec sa part de ridicule.

Lorsque les conversations s'allègent et que l'excitation retombe, ils proposent à Phil de les accompagner pour aider Julien à confectionner son lieu de vie et lui indiquer comment s'y prendre par la pensée.

Phil aurait bien suivi ce petit groupe joyeux, mais il tient à se concentrer sur Lila. Il espère y retourner très vite, il sent qu'Adrien va lui en parler sans tarder, il a l'air d'avoir une attention particulière pour elle et Phil ne veut pas le décevoir.

Ce n'est finalement pas sans regret qu'il décline l'invitation, il est même satisfait de retrouver un peu de calme autour de lui.

Phil choisit de fermer sa porte à partir de ce moment afin de s'isoler vraiment, il allume quelques bougies dans son coin d'intimité et fait brûler quelques bâtons d'encens. Après s'être installé en tailleur sur ses tapis, sa posture est à la fois souple et ferme, il se concentre pour laisser aller ses pensées avec une respiration lente et contrôlée, il recouvre rapidement une paix intérieure. Les yeux à peine ouverts comme deux fines fentes pour filtrer qu'un peu de lumière, juste assez pour rester dans la réalité de l'instant. Les mains posées en cercle fermé sur ses jambes, il demeure stoïque laissant le temps s'écouler sans compter. Il semble parti loin.

Il est presque midi lorsqu'il sort de sa longue méditation, il ouvre les yeux, étire ses bras sur les côtés, vers le ciel et les redescend en Anjali mudra*. Il s'allonge complètement et se tend de toute part, ses mouvements sont fluides et toniques. Il se redresse et fais quelques pas, il change d'espace et regarde à travers la vitre.

C'est à cet instant qu'il entend du mouvement dans les gravillons devant sa porte. Comme elle est restée fermée, il s'en approche pour l'ouvrir.

Adrien se trouve en face de Phil dans son habituelle attitude sereine et douce. Un sourire apparaît avant le moindre mot. Avec lui, entre un air chaud et le parfum légèrement sucré des fleurs fixées sur le mur en pierre.

– Bonjour Adrien.
– Comment vas-tu ?

– Bien, je vais bien…

– Allons faire quelques pas, tu veux bien ?

– Bien sûr.

Les deux hommes avancent ensemble, côte à côte, ils ne disent rien laissant le silence les envahir complètement. Seul le bruit de leurs foulées dans les cailloux et les enfants au loin perdure. C'est qu'au milieu des grands arbres de la forêt que les paroles surviennent.

– Comment est-elle ? Dit enfin Adrien dans un murmure.

– Elle semble dormir…

– As-tu pu t'imprégner de son environnement ?

– Oui, mais pas suffisamment.

– C'est-à-dire ?

– J'ai été dérangé comme je te l'ai dit.

– Oui effectivement, tu dois aussi t'en accommoder, tu le sais !

– C'est exact, mais pour la toute première fois j'ai ce besoin d'être vraiment seul avec le patient, c'est comme si j'étais tout neuf et que je réapprenais à vivre.

Adrien sourit, il aime la manière de Phil d'aborder un nouveau patient à suivre.

– Je comprends, as-tu pu au moins t'imprégner suffisamment ?

– Non je le crains, j'ai l'impression d'avoir négligé quelque chose d'important.

Adrien ralentit le pas. Il est songeur, pas forcément inquiet, mais troublé.

– Quand penses-tu y retourner ?

– J'ai pris suffisamment de temps pour y réfléchir, et je suis prêt pour continuer maintenant.

– Fais comme tu le sens Phil, je crois en ton jugement. Je ne suis finalement plus si inquiet pour elle.

– L'es-tu pour cette sensation que j'ai eue ?

– Non pas vraiment, enfin ce n'est pas de la préoccupation, je me demande seulement ce qui anime tes réflexions, mais tout est tellement différent à chaque fois. On le saura vite de toute façon.

– Je suppose.

– Je vais te laisser Phil, j'avais prévu de passer voir le nouveau venu.

– Oui bien sûr.

Adrien s'en va, empruntant un chemin qui file vers une clairière alors que Phil reste un moment sur place, il reprend sa marche et décide de continuer cette balade au milieu du végétal.

Anjali mudra* signifie en langue sanskrite : geste de révérence, salut, signe de bénédiction.

Visite inhabituelle

C'est la fin de l'après-midi, le soleil est encore haut dans ce ciel du mois d'avril, il illumine la chambre de Lila. L'espace est calme et désert, seule Lila est inexorablement allongée sur son lit.

Son visage est neutre, presque triste. Sans bouger, Phil la contemple de l'autre bout de la pièce. Il se demande ce qui se trouve au fond de son inconscient, ce puits de réserve bien rempli et bien réel où pour l'instant il n'arrive pas à s'introduire.

Il s'approche d'elle au point de sentir son aura et reste immobile, il s'y mêle espérant pénétrer son inconscient ou tout du moins le percevoir, ça serait bien de le vivre aujourd'hui. À cet instant, il ressent à nouveau cette impression d'avoir omis quelque chose, bizarrement, alors qu'il est près d'elle. Il se souvient de cette sensation chez lui, après sa première visite, ce sentiment d'être passé à côté de quelque chose peut-être, mais c'est en train de se transformer en une forme de déjà vu.

Phil reste un long moment sans bouger pour tenter de percer ce mystère, mais il peut attendre, il ne voit rien de plus, il se dit que forcer à élucider ce point maintenant ne servira à rien, il est évident qu'il lui manque des éléments.

Adrien lui serait d'une grande aide s'il ne découvre pas ce qui provoque ces impressions. Phil sait qu'il a des connexions particulières avec des zones où lui-même n'a pas accès. Il saura lui en parler s'il ne parvient pas à clarifier cette énigme, car à cet instant précis il se trouve bien seul face à ce cas.

Lila ne peut rien pour lui, pas encore tout du moins. Il doit rester concentré et tenter de voir s'il peut commencer à la faire bouger d'une manière ou d'une autre. Il se déplace un peu pour être plus près d'elle et se rend compte que la porte de la chambre est entrouverte. À cet instant, dans le couloir, il entend la voix perçue lors de sa première visite, la mère de Lila qui discute avec une infirmière. Il apprend qu'elle s'appelle Émilie. La dernière fois qu'il se trouvait là il avait été surpris par son irruption rapide. C'est une réminiscence qui lui revient alors qu'il était déjà en partance pour son lieu de vie, les images ressurgissent. Elle n'avait fait qu'une brève apparition dans la pièce pour y laisser un pot de crème sur la table de nuit, sans doute une omission de sa part, avant de repartir, elle avait déposé un baiser sur le front de sa fille et s'en était retourné d'où elle venait. En quittant la chambre, elle lui avait jeté un dernier regard sur le pas de la porte et avait filé en toute hâte.

Le souvenir de cette scène tourne dans sa tête comme un film se mêlant aux bruits des appareils alentour. Phil revient dans le présent juste au moment où Émilie pousse la porte de la chambre et entre franchement.

Il devait bien se douter qu'elle allait entrer d'un moment à l'autre, mais il n'a pas bougé et n'a même pas songé à s'éloigner du lit de Lila, du coup il se trouve très près d'Émilie, il sent son parfum et le déplacement de son corps dans l'air. Elle serait restée à distance si elle avait eu conscience de sa présence, pire, elle l'aurait sans doute fait jeter dehors, car il n'aurait pas dû de se trouver là.

Il ressent cette femme spontanée et directe, tout chez elle fait penser que c'est une femme de décision.

Il sait qu'elle n'a aucune perception de sa présence, mais il est complètement paralysé et reste figé sur place. Il n'a plus qu'à attendre de pouvoir se déplacer sans risque, c'est idiot, il n'y a pas de risque, mais un je ne sais quoi l'empêche de bouger.

Émilie s'est assise sur le lit de sa fille, elle a pris sa main et lui caresse le front de l'autre main. Elle lui dit « bonjour ma chérie » et se pencha vers elle pour l'embrasser sur la joue. Ses gestes sont très doux, elle a rangé ses manières directives pour les remplacer par celles d'une mère douce et sensible. Phil ressent beaucoup de tendresse chez elle maintenant.

L'infirmière entre à son tour, Émilie bouge légèrement et Phil en profite pour se déplacer sans tarder, mais tout en douceur, il s'éloigne du lit et se mit à l'autre bout de la pièce dans un endroit vide de tout intérêt.

La conversation qu'elles ont eue dans le couloir était banale et ne portait pas sur Lila. À présent l'infirmière, qu'Émilie appelle Natacha, donne les dernières observations de Lila, tout est normal et rien ne change. Elle lui fait un rapport détaillé du reste du personnel, des remarques ou sensations, il paraît évident que cette Natacha a un poste à responsabilité.

Phil se détend un peu, coincé dans un angle mort de la chambre, il lui suffit d'attendre que ces dames terminent leurs discussions, ensuite Natacha ira sans doute vers d'autres patients et il pourra continuer son travail avec la présence d' Émilie. Cela ne le gêne plus, bien au contraire, car il peut en apprendre plus sur Lila.

Natacha est occupée à vérifier les appareils et un silence se fait dans la chambre. Au bout d'environ une minute, Émilie s'adresse à elle, mais sans détourner son regard de Lila, pour lui demander si sa fille a eu une visite particulière aujourd'hui.

– Non, lui répond Natacha. Elle semble interrogative.

– J'ai l'impression que quelqu'un d'inhabituel a pénétré ici, lui dit-elle.

– Je ne crois pas, Émilie, je ne suis sûre de rien, bien sûr, mais je suis de service depuis ce matin et je n'ai quasiment pas bougé de ce couloir. Je n'ai vu aucune personne inconnue.

– Je me fais des idées sans doute, répondit Émilie.

– Qu'est-ce qui vous fait dire que quelqu'un d'inhabituel soit entré dans la chambre ? questionne Natacha.

– Je ne sais pas trop, une sensation, l'impression d'une présence différente de son entourage.

– Un parfum peut-être ?

– Non, pas un parfum, juste un ressenti, c'est bizarre.

– Je peux me renseigner auprès de l'équipe. On ne sait jamais, j'ai tout de même fait quelques pauses dans ma journée, si ça peut vous rassurer, répond Natacha.

– Non, ne vous tracassez pas avec ça, vous avez assez à faire et puis je ne suis pas inquiète de toute façon, c'est comme je vous l'ai dit, une simple impression.

– Comme vous voulez Émilie, mais surtout n'hésitez pas à m'en reparler si vous avez le moindre doute.

– Oui oui je le ferai si besoin.

– Je vais vous laisser avec votre fille, on se voit plus tard, vous restez un peu ? demande-t-elle.

– Non je ne vais pas pouvoir, j'ai donné rendez-vous à une amie dans moins d'une demi-heure dans le centre donc je ne vais être là qu'une dizaine de minutes.

– Très bien Émilie, à demain alors, lui répond-elle en souriant et en quittant la pièce.

Émilie est toujours assise près de sa fille.

Phil est anéanti par ce qu'il vient d'entendre. Dans le cas où la sensation perçue par Émilie serait justement lui. Il a le sentiment que c'est le cas, est-il possible que la mère de Lila puisse ressentir sa présence ? C'est complètement fou. Il ne bouge plus du tout désormais, évitant même de cligner des yeux, et s'efforce de devenir statue.

Émilie tourne la tête dans la direction où se tient Phil, il a la perception de croiser son regard, un stress bien humain monte à l'intérieur de lui si bien qu'il a l'impression que son cœur s'est remis à battre et fait maintenant un vacarme effroyable dans toute la pièce. Il n'a rien à faire qu'à attendre, il espère vivement qu'elle ne va pas décider de se déplacer dans la chambre et qu'elle ne viendra pas jusqu'à l'endroit où il se trouve ou pire, exactement dans l'emplacement où il s'est retranché. Vu les circonstances, il n'est pas sûr qu'elle ne se rende pas compte de sa présence.

Phil pensa à Adrien à cet instant, il faut qu'il le rencontre sans délai. Il n'a jamais été confronté à cette situation, et voilà qu'il est à nouveau plongé dans un cas bien particulier.

Émilie se retourne vers sa fille. Phil l'entend prononcer quelques mots à voix haute : « Je deviens folle ». Il se garde bien de dire quoi que ce soit à son tour de peur qu'elle ressente quelques vibrations étranges.

Elle reste un moment assise sur le lit, lui arrange une mèche de cheveux, caresse son bras et ses mains. Finalement elle se lève, elle reste près du lit un instant contemplant encore son enfant.

Phil aurait pu apprécier la présence d'Émilie dans d'autres circonstances et approfondir le personnage, mais pour tout de suite il est soulagé de voir qu'elle se prépare à partir. Depuis qu'elle a exprimé son ressenti, il n'a pas réussi à se détendre bien au contraire.

Elle embrasse sa fille, et avant de quitter la pièce jette un dernier un coup d'œil vers l'endroit où se trouve Phil. Il baisse les yeux par réflexe, enfin elle s'en va.

Quel soulagement, se dit-il. Il se décale un peu, il est complètement engourdi d'être resté figé sur place durant si longtemps.

Après un court instant, il s'approche de Lila libérée de sa mère pour reprendre son travail depuis le début, car il n'a pas franchement commencé. Il se concentre pour faire entrer le calme en lui et se remplir de compassion, il se tient très près de Lila, il pourrait toucher sa main en tendant à peine la sienne, il le fera peut-être un jour, aujourd'hui n'est pas le bon jour pour ça. Aujourd'hui il est tout juste bon à retourner dans son espace de vie et tenter de reprendre ses esprits pour de bon se dit-il. Il est nécessaire et urgent de se ressaisir s'il veut mener à bien cette mission. Il est en colère contre lui-même maintenant de s'être laissé duper de la sorte. Il a eu l'impression de perdre confiance en lui alors qu'il n'a jamais ressenti cela en tant qu'être humain.

Plongé dans ses réflexions sur ce qu'il vient de vivre, il est interloqué en entendant une voix derrière lui.

– Tu t'éparpilles Phil.

Phil se retourne brusquement, Adrien est face à lui. Surpris par cette apparition, il le regarde sans comprendre comment et pourquoi il se trouve là.

– Désolé de faire irruption sans prévenir, je voulais jeter un œil à ton travail.

– Non, pas de souci Adrien, tu as bien fait, d'autant plus que je viens de vivre quelque chose de très particulier.

Phil lui relate tout ce qu'il s'était passé avant son arrivée.

– Et du côté de Lila ? Pas de réaction ? le questionne Adrien.

– Non pas pour l'instant, tu penses que c'est trop tard ? lui demande-t-il tout en souhaitant que la réponse n'aille pas dans ce sens.

– Non je ne le crois pas, enfin je l'espère.

Adrien a l'air contrarié, pensif et soucieux. Phil ne dit rien, attendant qu'il lui parle. Il préfère se taire pour lui céder tout l'espace libre.

– Cela me laisse supposer qu'il y a une sorte de connexion, un lien, dans le passé bien sûr. Je ne suis sûr de rien, mais c'est à ça que je pense.

– Est-ce possible ? Phil est effaré d'entendre ça.

– Oui ça l'est. En général ça n'arrive pas, d'autant plus qu'un minimum de recherche est fait dans ce sens, ce genre de cas est rare, mais ça se produit.

Adrien a dit cela tel un automate, il semble anéanti de devoir prononcer ces mots.

– Et… peut-on savoir d'où viendrait cette connexion ?

– Il faut faire des investigations un peu poussées, il faut remonter à la source…

Adrien a l'air de plus en plus soucieux. Phil le voyant réagir comme cela a maintenant la crainte que lui soit retiré Lila. Il paraît évident que s'il a un lien quelconque avec elle, par un passé même très lointain, ou une ascendance familiale, il sera bien trop impliqué dans ce suivi, de plus il n'a pour l'instant obtenu aucune réaction de Lila.

– Tu n'es venu que deux fois depuis le début de ton traitement ? demande Adrien avec l'air de ne prêter que peu d'intérêt à ce qu'il va dire.

– J'en suis à ma deuxième visite effectivement, répond Phil.

– De toute façon je pense que c'est un peu tôt pour se prononcer sur le devenir de Lila.

Il a parlé sans exposer ses craintes ou ses doutes ou même ses questions, mais beaucoup d'interrogations tournent manifestement dans sa tête.

– En attendant de trouver une quelconque explication, il faut continuer ta mission. Nous ne devons pas laisser tomber Lila surtout si elle peut avoir une réaction d'ici peu. Je crois en fait que tout reste à faire.

Phil ne dit rien, il écoute Adrien. Il retrouve un peu d'optimisme, car il entrevoit une ouverture, il se sent un peu rassuré par son changement d'attitude.

– Phil, concentre-toi plus sur Lila, tente réellement de pénétrer son inconscient, ne te contente pas d'y penser, mais va vraiment à l'intérieur. Sers-toi de ce que tu sais faire, tout le travail que tu fais sur toi va t'être d'une grande aide. Tu vas devoir utiliser ces connaissances pour parvenir à la débloquer, je crains que le cas de Lila soit un cas un peu particulier et je suis convaincu que tu es la personne la mieux placée pour la faire bouger.

Adrien a parlé d'une seule traite et sans hésitation. Phil semble tranquillisé.

– Je vais donc pouvoir garder ma patiente ? demande-t-il finalement.

– Je n'en sais rien Phil, cela ne dépend plus de moi, mais si tu arrives à pénétrer son inconscient tout n'est peut être pas perdu.

Il s'est exprimé tout en fixant Lila, sans même jeter un coup d'œil à son protégé.

– Fais ce que je t'ai dit, et préviens-moi dès que tu vois une réaction. Si ce que je pense est juste, cela ne devrait pas tarder.

Phil regarde Lila en entendant ces mots et il se demande ce qu'a Adrien dans la tête. Il se retourne vivement vers lui et poser la question, mais il n'est plus là. Il a tout simplement disparu aussi rapidement qu'il est apparu quelques minutes plus tôt.

Il se tourne ver Lila à nouveau, un long moment encore, sans rien tenter, sans s'approcher plus près d'elle, il est naturellement là, à la contempler. Dans une prière ultime et intérieure, il lui demande d'ouvrir son âme.

***

C'est dans un brouillard assez fluide que Phil refait surface quasiment devant chez lui.

Exploration

Adrien fait les cent pas chez lui. Il semble préoccupé, contrarié.

Il se dirige vers l'extérieur de chez lui. Il stoppe près du muret de pierre qui surplombe la vallée devant lui, il ne prend pas son bloc ni ses fusains et ne s'installe pas à son chevalet, pourtant tout est en place, à portée de main. Il regarde au loin au-delà du champ. Que cherche-t-il au milieu des arbres ? Peut-être des réponses ?

Il semble se torturer l'esprit pour trouver ce qui cloche, un indice qui le mettrait sur une piste au moins.

Il passe toute la journée ainsi, puis le jour suivant.

Ceux qui empruntent le sentier en contrebas de chez lui ne profitent plus de ses causeries enjouées.

Habituellement Adrien est toujours très sociable, chaleureux et disponible. Même avec son besoin de solitude, ce qui est très important pour son équilibre, il sait être présent avec les visiteurs échoués dans son coin de paradis.

Les alentours ne manquent pas d'agitation aujourd'hui. Des enfants ont l'air d'avoir choisi son espace comme nouveau terrain de jeux, ils courent et chahutent en contrebas. Il demeure pourtant imperméable à leurs existences, il ne semble ni les voir ni les entendre, il reste impassible à regarder devant lui au loin.

Le calme reprend autour de lui juste au moment où il bouge imperceptiblement. C'est à cet instant qu'il voit passer le petit

Lucas avec son éternel bâton et ses sauts de chat à travers les herbes folles. Adrien s'approche du bord du muret et appelle le garçon en lui faisant un signe. Il a parlé tout doucement, mais Lucas l'entend et fait volte-face pour venir vers lui, toujours en sautillant.

Adrien lui confie un message et le charge d'aller trouver Phil.

Lucas avec son éternel un sourire accroché à visage poupin repart sans tarder en sens inverse pour rendre ce service.

Adrien semble déterminé d'un seul coup, il se met en marche d'un pas vif. Il passe près de plusieurs personnes et leur fait un léger signe de tête sans s'arrêter. Il traverse la vallée puis remonte le flanc de la colline d'en face. Il suit un petit sentier qui s'enfonce dans la verdure jusqu'à un plateau caillouteux. Là, un autre chemin descend légèrement puis devient vite très escarpé avant de déboucher dans un champ. Il n'y a plus de passage, mais il sait où il va. Il marche encore longtemps à travers les herbes, l'impression d'être guidé par un être invisible qui lui tiendrait la main pour l'emmener dans un endroit très précis. Au bout de presque deux heures d'expédition, il arrive près d'un énorme rocher situé au beau milieu des trois collines. Ce lieu est particulier en tous points : il est loin de toute habitation et fréquentation, seuls quelques initiés y viennent. C'est un site riche en énergie très puissante, tellement intense qu'on ne peut y pénétrer que délicatement pour ne pas être trop submergé. Mieux vaut être averti. Il contemple l'espace un bon moment et prend le temps de retrouver son souffle. Il se redresse pour se tenir bien droit, comme s'il allait faire la rencontre d'une personne très importante. Enfin il avance, lentement, jusqu'à l'énorme rocher, baptisé Amanda, peut-être parce qu'il a la forme d'une amande. La pierre est posée sur une extrémité et on pourrait l'imaginer basculer à tout moment, mais ça n'arrivera sans doute jamais. Le rocher, comme le lieu, a des pouvoirs magiques. Il s'assoit à sa base sur une épaisse couche d'herbe et prend la posture du lotus. Ses vêtements larges recouvrent tout le haut de son corps. Les mains posées en demi-cercle devant son ventre, il reste là longtemps, faisant union avec la nature dans une méditation profonde. Il s'est déconnecté de toute pensée pouvant intervenir pour faire le vide totalement. Se vider d'abord pour se remplir à nouveau.

***

Au bout d'un temps infiniment long, Adrien redresse la tête, ouvre les yeux doucement, puis regarde vers le soleil dont l'intensité commence à décroître.

« Des liens anciens unissent cette famille à mon protégé » ; ces mots sortent presque seuls de sa bouche. Sans le vouloir et tout naturellement, son visage retrouve une certaine clarté et une lumière qui semblaient l'avoir quitté.

Quelques minutes plus tard, tranquillement, il se lève et se remet en route sur le même sentier, mais en sens inverse. Son esprit est devenu limpide. À cet instant précis c'est une certitude : il sait ce qu'il va annoncer à Phil : cette révélation qui vient de prendre forme très clairement dans son esprit.

Il profite de sa marche pour tenter de se souvenir de ce qu'il sait des vies passées de son protégé. Une piste sur laquelle il pourrait lancer ses prochaines investigations, il sait maintenant qu'il doit trouver, et le plus tôt sera le mieux. Qui est cette femme qui croise sa route aujourd'hui dans des espaces-temps différents, mais bien concrets.

Sa dernière vie date du début du siècle dernier, Phil avait perdu ses parents à l'âge de cinq ans. Il était né sur le sol français, c'est sans doute une partie d'explication concernant son attirance pour le lieu de ce traitement. C'est une pensée qu'il a eue lorsque Phil avait évoqué son attrait pour la France, et ce choix vers cette patiente. Quoi qu'il en soit il a été élevé à Malte par sa tante. Après la perte de ses parents et son départ à l'âge adulte, il n'avait jamais remis les pieds en France. Il avait fait des études de médecine et il était parti dans une organisation humanitaire en Afrique. Il n'avait pas 30 ans quand il avait quitté l'île. Sa tante était décédée lors d'une épidémie de la peste qui s'était déclarée à Malte pendant qu'en Afrique il sauvait d'autres vies. C'était l'année 1945 et la fin de la Deuxième Guerre mondiale. Phil avait perdu la vie à son tour en 1950 dans un crash d'avion en Centrafrique ; le ciel trop bas et la mauvaise visibilité avaient été les causes de cet accident.

Dans cette dernière vie passée, il ne s'est pas marié, mais a partagé quelques années avec une infirmière dans le camp où il œuvrait. Rien n'indique qu'il ait vécu une vraie passion autour de cette liaison. Une relation sans véritable amour.

Phil sauvait des vies et c'est tout ce qui comptait pour lui. Il passait son temps dans l'aide et le partage. Le peuple désespéré en face de lui avait toujours plus d'importance que sa propre personne.

Il semble que Phil n'ait jamais vécu pour lui se dit Adrien.

Lorsqu'il a eu le choix de repartir ou de rester dans le monde de l'après-vie, il n'a pas du tout hésité. Il était sûr que c'était le meilleur endroit pour lui : finalement il continue à sauver des gens.

***

Adrien n'a jamais rencontré pareille complexité depuis qu'il est mentor dans cet espace si particulier. Il se demande même s'il ne devrait pas aussi faire quelques recherches sur ses propres liens avec Phil, il passe tellement de temps avec lui sur des cas plus que spéciaux. Cette réflexion envahit son esprit si bien qu'il ne se rend pas compte qu'il est déjà sur le sentier en contrebas de chez lui.

Conversation particulière

Phil est assis sur le muret devant chez la maison d'Adrien, le dos contre le gros chêne, il profite de la puissance de cet arbre et se ressource un peu en attendant son mentor. Il ferme les yeux un bon moment. Il calme son esprit en faisant le vide, sa respiration est fluide. L'endroit est magique, il se sent bien ici. Est-ce parce qu'il pense qu'il aura bientôt les réponses à toutes ses questions ou c'est ce lieu qui apaise ? Sans doute un peu des deux.

Il a vite compris qu'Adrien n'était pas là, même si la porte est ouverte, un rapide regard alentour lui a permis de se rendre compte que la place était déserte. Comme si l'énergie d'Adrien était partie avec lui.

Il demeure calme, il ne veut surtout pas obstruer son esprit avec une multitude d'interrogations qui risquent de l'embrouiller plus qu'autre chose. Il patiente le plus sereinement possible.

Au bout d'un certain temps, il perçoit un mouvement au loin, invisible à l'œil, une émanation particulière, il tourne la tête vers cet endroit et le fixe. Adrien apparaît maintenant au bout du chemin rocailleux venant de la montagne, il marche d'un pas alerte, ni trop lent, ni trop pressé.

Phil se redresse et se tourne vers Adrien, il l'attend tel un disciple, stoïque, il reste sous la protection du grand chêne, mais il sent déjà la force de son mentor.

Adrien avance d'un franchement vers lui. Il porte une longue tunique de coton sur un pantalon fluide, le tout dans des tons gris bleu très clair. Sans dire le moindre mot, il arrive devant Phil, pose sa main sur son épaule d'une manière très fraternelle et l'entraîne avec lui vers sa maisonnette en le faisant pivoter sur lui-même. À ce moment seulement il lui adresse la parole.

– Nous avons à parler Phil, lui dit-il avec beaucoup de bienveillance dans la voix. Viens avec moi nous allons à l'intérieur.

Phil lui emboîte le pas. La fin de la journée promet d'être intéressante se dit-il, mais Adrien a un air soucieux, ça le perturbe, l'inquiétude qu'il a scrupuleusement mise de côté refait surface d'un seul coup.

Adrien va vers le fond de la pièce et allume des bougies et de l'encens. L'espace est plus sombre que chez lui et plus étroit aussi, mais une atmosphère douce et spirituelle plane ici, c'est très perceptible, tel un lieu de culte.

Phil n'est jamais entré dans sa maison, il n'a même jamais tenté de jeter un œil à son intérieur, il sait qu'Adrien est très pudique avec son antre et chacun le respecte. Il a l'habitude de recevoir à l'extérieur de chez lui d'autant qu'il est souvent installé sous l'immense chêne avec ses fusains et son bloc de feuilles.

Au fond se trouvent deux grands fauteuils, Adrien invite Phil à s'asseoir. Les deux hommes se tiennent presque en face, mais pas vraiment. Ils peuvent discuter tout en se regardant, mais ont aussi le loisir de contempler l'extérieur. L'encens dégage un doux parfum et la lumière des bougies apporte une note encore plus mystique.

– Je préfère que nous parlions à l'intérieur cette fois, ça ne te dérange pas ? demande Adrien.

– Pas le moins du monde Adrien, répond Phil se voulant détaché de toute inquiétude.

Il aimerait bien lui révéler son angoisse, le presser de lui dévoiler pourquoi il l'a fait appeler, mais il s'abstint. Il patiente et laisse la place aux paroles d'Adrien, à ses confidences qu'il pressent compliquées. Il va enfin comprendre.

– Je t'ai fait attendre tout à l'heure et je tiens à m'excuser avant d'aller plus loin, lui dit-il.

– Ce n'est pas grave Adrien, je serais resté toute la journée si nécessaire, répondit Phil.

– C'est gentil Phil, mais ce n'est pas forcément très poli de ma part. En général je ne suis pas en retard, mais dans ce cas précis je n'ai eu aucune maîtrise du temps.

Phil le regarde sans le fixer, il cherche un peu de stabilité à sa fébrilité grandissante, ce qu'il est sur le point de lui révéler paraît de plus en plus compliqué.

– Disons que j'étais dans un lieu très spécial, un endroit où je ne me rends pas souvent, sauf si je suis confronté à une quête particulière.

– Le traitement de Lila est loin d'être simple, je me trompe ?

– Non, en effet, tu ne te trompes pas.

– J'imagine que j'y suis lié c'est à cause de ce que j'ai ressenti qui est étrange. Mais bizarrement je ne me sens pas franchement impliqué. Je me demande si ce n'est pas plutôt la mère de Lila qui est un peu particulière, répondit Phil.

– Comment dire... oui c'est possible. Le récit que tu m'as fait m'a intrigué, il est évident que ce que tu as vécu n'est pas commun. Le but est de faire bouger le patient et non pas le reste de la famille, lui dit-il voulant détendre l'atmosphère.

– Oui bien sûr, mais je ne pense pas avoir fait quelque chose d'exceptionnel pour lui transmettre le moindre élément.

– Non, je n'ai aucun doute là-dessus, mais justement, tout part de là.

– Tu m'embrouilles Adrien, je n'arrive pas à te suivre.

– Je vais t'expliquer ce que j'ai découvert.

– Oui j'ai hâte, parce que je ne sais plus du tout où j'en suis.

– Je me suis rendu dans lieu très spécial comme je te l'ai dit, mais j'y reviendrai, car je sens que tu es très impatient, lui dit-il en le regardant du coin de l'œil.

– Eh bien Adrien, avant cette rencontre j'étais inquiet de savoir si je pourrais mener à terme mon traitement et si on m'en laisserait le temps. Mais là tu as l'air de valider le fait que je sois impliqué et du coup j'en suis encore plus déstabilisé, alors oui j'attendrai pour les explications liées au lieu où tu t'es rendu.

– Je comprends Phil, mais ne soit pas trop anxieux tout de même, il y a une solution pour chaque problème.

– C'est un problème maintenant ?

– Ce n'est pas un cas simple et oui, il y a une problématique.

– Eh bien je t'écoute.

– Il se trouve que si la maman de Lila... Emilie c'est bien ça ?

– Oui c'est son prénom, répondit Phil.

– Elle ne t'a rappelé personne cette Emilie ?

– Non, pourquoi cette question ?

– Parce ce que je suis persuadé que si elle a ressenti ta présence, c'est qu'elle te connaît.

– Comment ça elle me connaît ? Tu veux dire dans une autre vie ?

– Oui c'est ce que je veux dire.

– Je sens que tu as autre chose à me révéler…

– Disons que partant de là on peut se poser différentes questions.

– Adrien, sans vouloir te presser, peux-tu aller droit au but ?

– Je n'ai malheureusement pas toutes les réponses à te donner aujourd'hui, d'autres recherches doivent êtres faites, si c'est possible tout du moins.

– Eh bien je serais heureux d'entendre ce que tu sais déjà.

– Emilie te connaît, c'est un fait, sinon elle n'aurait pas senti ta présence.

– Elle a peut-être une sensibilité particulière ?

– Non, j'ai vérifié.

– Oui, j'aurais dû y penser.

– J'ai le sentiment qu'elle sait que tu peux apporter de l'aide à sa fille. Peut-être que c'était ton rôle jadis.

– Tu veux dire par là que, en plus d'avoir connu Émilie dans une autre vie, j'aurais déjà aidé Lila ?

– Oui c'est possible, mais je ne suis sûr de rien.

– Tu es sûr de quoi en fait Adrien ?

– Je suis sûr qu'il y a un lien ancien entre vous.

– Entre Lila et moi ?

– Ça, je n'en sais rien, je pense surtout à Emilie.

– Je ne m'attendais pas à cela.

– Maintenant il reste à découvrir ce qu'Émilie et toi aviez en commun dans le passé ? Quels étaient son rôle et le tien ?

– C'est compliqué de trouver ces réponses ?

– Non, mais ça peut prendre du temps.

– Veux-tu dire par là que si Lila ne bouge pas on risque de stopper le traitement ?

– Oui c'est un problème, surtout si elle ne montre aucun signe de mouvement.

– Justement, je suis retourné la voir après ce fameux épisode et j'ai commencé à sentir un léger déplacement intérieur.

Adrien est presque choqué d'entendre ces mots.

– Et tu me dis cela que maintenant ?

– Désolé Adrien, mais j'étais tellement impatient de savoir ce que tu avais à me dire que j'ai oublié de t'en parler. Mais, il n'y a rien de très probant pour l'instant.

– Ce n'est pas grave. C'est formidable que tu aies senti un mouvement, aussi léger soit-il, c'est un début. Retournes-y dès que possible et fais ce que tu peux pour la débloquer vraiment. Je suis sûr qu'il y a quelque chose de très particulier dans ce traitement.

Adrien se lève de son fauteuil. Il a l'air plus détendu maintenant, presque soulagé.

Phil se redresse également et le suit, il semble que la discussion touche à sa fin. Il aimerait être autant apaisé que Adrien, mais ce qu'il vient de lui être révélé ne va pas franchement dans ce sens, cette discussion est juste le début d'un puits sans fond se dit-il.

– Très bien Adrien, je vais y retourner rapidement, mais penses-tu que ce soit aussi simple maintenant que je sais ce que tu m'as appris ?

– Il le faut Phil sinon nous perdrons Lila et elle ne pourra jamais continuer sa vie. Depuis le départ je suis sûr qu'elle a des choses formidables à vivre et je songeais déjà à toi pour ce traitement, ce n'est pas anodin. Avec cette donnée particulière, cela me conforte dans l'idée que tu es la bonne personne, je pense même que tu es le seul à pouvoir la faire revenir.

– Tant que ça ?

– Oui, ce n'est pas rien j'en conviens. Mais aide-toi de cet élément nouveau. Dis-toi que tu es le seul qui va la ramener à la vie, fais-toi confiance.

– Je vais essayer Adrien.

– Fais tout ce que tu peux, tu es très bon et moi je te fais confiance. Tu as presque toutes les clés maintenant.

– Très bien, mais dis-moi comment je dois réagir si je rencontre à nouveau Émilie ?

– Peut-être vaut-il mieux quitter les lieux en sa présence, tout du moins pour l'instant.

– Ça risquerait de troubler mon traitement ?

– Ou de la perturber elle, et je t'avoue que quelques personnes de l'hôpital se posent des questions à son sujet depuis la conversation qu'elle a eue avec l'infirmière ce jour-là.

– Oui évidemment.

Phil n'a pas passé le pas de la porte lorsque Adrien lui fait nettement sentir qu'il doit s'en aller. Il aurait pu discuter avec lui encore longtemps, mais il voit bien qu'il a du pain sur la planche avec les investigations à mener. Et puis il doit retourner auprès de Lila au plus tôt.

Soudain pressé, Adrien se détourne vite de lui avec un bref signe de la main.

Phil part presque à regret, il marche déjà hors de l'espace d'Adrien. Il se remémore sa dernière visite auprès de Lila.

Alors qu'il était tout près d'elle et qu'il se concentrait sur son esprit depuis deux bonnes heures, il avait enfin ressenti une oscillation dans son inconscient, c'était imperceptible, mais très présent. Cette sensation lui avait fait rouvrir les yeux de surprise. Il n'y avait pas de mouvement physique. C'était sans doute bien trop tôt, mais il était sûr de ce qu'il avait perçu. Phil avait repris son attention, mais la connexion s'était rompue. En temps normal ces mouvements n'ont rien de spectaculaire, mais avec ce cas si particulier tout devenait victorieux.

Phil avait essayer de la refaire bouger ne serait-ce qu'un peu. Il avait insisté encore un bon moment tentant de se concentrer à nouveau, mais il était trop à l'affût de ressentir une autre manifestation même infime, et cette seule attente rendait l'événement impossible. Il avait quitté la chambre de Lila peu de temps après, car il savait qu'il n'obtiendrait plus rien ce jour-là. Il reviendrait plus tard.

Recherches

Il n'a pas d'autre choix. Adrien a beau retourner le problème dans tous les sens, il est évident que seule la découverte du déroulement du passé pourra l'aider à élucider ce qui se vit aujourd'hui dans cet hôpital.

Les anciennes vies de Phil et d'Émilie doivent lui apporter des réponses ou tout du moins des voies à explorer et à comprendre. Il espère avoir suffisamment de finesse pour reconnaître les bons personnages dans leurs différentes existences.

Tout en se baladant avec ces pensées qui tournent dans sa tête, il est d'un coup projeté sur le chemin qui se situe devant chez Phil. Tout s'imbrique correctement dans son esprit. La première étape est bien sûr d'informer Phil sur ce qu'il allait devoir faire pour mener à bien ses recherches. Le fait de se trouver ici et maintenant le conforte dans sa décision et dans son empressement aussi. Son inconscient prend le dessus sur son conscient, ça le dérange un peu, car il aime rester maître de lui. Mais il se résout à laisser faire, l'urgence est bien réelle.

Adrien est devant la maison de Phil maintenant et avant qu'il ait prononcé un seul mot, Phil se tient face à lui sur le seuil de sa porte. Il ne semble pas surpris de le voir. Phil paraît anesthésié, moins alerte qu'à l'accoutumer, les événements vont sans doute un peu trop vite.

– Bonjour Adrien, j'ai l'impression que je viens de te quitter et tu es devant chez moi !
– Oui. On parlait tous les deux hier seulement.

– Si tu viens prendre des nouvelles de mon traitement, je n'ai pas eu de vrais mouvements spectaculaires pour l'instant, j'ai besoin d'un petit peu plus de temps…

– Ce n'est pas la raison de ma venue, le coupe Adrien.

– Ah bon ! Et pourquoi alors ?

– J'ai une information importante à te dire.

– Déjà ? Tu as trouvé quelque chose ?

– Non, je n'ai rien de plus, j'ai juste une indication à te donner avant d'aller plus loin.

– Désires-tu entrer ?

– Je préférerais que nous marchions un peu si tu veux bien, j'ai l'esprit trop agité pour être à l'intérieur.

– Décidément ! Ce traitement est vraiment particulier ! Au point de changer ton calme olympien et ton imperméabilité au tumulte !

– Oui je le reconnais. De plus, le temps nous est compté et je dois rester lucide et assez vif.

Les deux hommes se mettent en route lentement sur le chemin par lequel Adrien est arrivé, ils font quelques pas dans le silence, c'est Phil qui le rompt en premier.

– Qu'as-tu donc à me dire de si urgent Adrien ?

– J'ai retourné la situation dans plusieurs sens et je n'ai qu'une issue si je veux trouver ce qui provoque la sensibilité d'Émilie en ta présence.

– Et… ?

– Je dois faire des recherches poussées sur vos vies antérieures et voir si je vous retrouve tous les deux, dans le cas où je saurais la reconnaître, mais je pense que oui, cette personne sera à tes côtés et toi je sais que je t'identifierais. Elle peut toutefois se présenter sous différentes manières et je ne sais pas du tout si elle sera une compagne, une sœur, un père, une cousine ou un ami d'enfance.

– Oui, en plus, sexe et visage changent d'une vie à l'autre.

– Pas nécessairement, mais c'est fort probable.

– Comment vas-tu procéder pour faire ces investigations ? Car je ne pense pas pouvoir t'aider. Je ne connais que quelques grandes lignes concernant ma dernière vie et encore, seulement quelques passages, en tous les cas rien de mon ancien entourage proche.

– Je me dois d'en parler au conseil afin qu'ils m'autorisent à faire ces recherches.

– On en est là ?

– Oui, je n'ai pas d'autre choix.

– Tu ne voulais pas ébruiter ce dossier afin d'avoir un maximum de temps pour avancer, mais là j'ai l'impression qu'on va se jeter dans la gueule du loup non ?

– N'exagérons rien Phil, ils ne sont pas si terribles.

– D'après ce que j'ai entendu sur leurs différentes interventions, je dirais plutôt radicaux... oui.

– Ils ne souhaitent pas prendre de risque, et dès qu'il y a une complication ils préfèrent laisser tomber et suggérer un autre patient.

– Quels dangers y a-t-il vraiment dans notre cas ?

– Fouiller dans le passé n'est jamais très bon, on est là pour faire avancer et non pour s'occuper du temps révolu.

– Oui, mais dans notre cas, cela va nous permettre de comprendre ce qui se déroule aujourd'hui, c'est bien ce que tu veux faire ?

– Oui et je vais faire en sorte de m'en tenir à ça.

– Pourquoi ? Il y aurait autre chose ?

– Non non, enfin le plus important c'est le traitement de Lila. Je vais mettre l'accent sur elle en leur apportant tes premiers résultats. Son jeune âge devrait peser dans la balance aussi.

– Ouais ! Eh bien je ne suis pas franchement rassuré Adrien, et je ne sais pas si je vais parvenir à la faire bouger à nouveau.

– Il faut essayer Phil, et il faut y arriver, c'est essentiel.

Adrien sur ces mots a stoppé sa marche et fait face à Phil. On peut aisément comprendre par la position de son corps qu'il va prendre congé.

– Je m'en vais Phil. Je vais faire ce que je t'ai dit. Je dois me préparer un peu avant, et je reviendrai te voir quand j'aurai du nouveau. Ça peut prendre un peu de temps, ils sont longs dans les échanges.

– Parfait, ça m'en laissera plus à moi aussi.

– Oui, et vraiment fais tout ce que tu peux d'ici là, ils ne stopperont pas un traitement s'il y a des mouvements probants.

– Je vais faire mon possible Adrien.

***

Adrien se détourne de Phil et repart en sens inverse. Bientôt il disparaît complètement derrière les grands arbres.

Phil reste figé sur ce chemin désert, entre perplexité et mal être. Il se demande aujourd'hui pourquoi il a fait le choix de s'occuper de Lila, comment a-t-il pu être attiré par ce cas si compliqué encore ? Il ne regrette rien, mais tout est tellement fou.

Il reprend sa marche, mais plutôt que de rentrer dans son lieu de vie il continue et bifurque sur un autre sentier qui mène à la clairière qu'il aime tant, celle qui lui permet de garder sa paix intérieure au quotidien.

La confiance en lui semble lui faire défaut ces temps-ci. Ces dernières conversations avec Adrien ont eu l'effet d'embrouiller son esprit alors qu'il arrive assez facilement à conserver son calme habituellement, enfin plus rien n'est pareil depuis que ce traitement a commencé.

Une belle méditation au milieu de cette clairière devrait lui faire retrouver sa sérénité et dans l'apaisement se préparer au mieux pour sa prochaine visite auprès de Lila.

Nouvelles du conseil

Près de dix jours plus tard, Adrien découvre sur son guéridon une petite enveloppe bordée de rouge portant en haut à gauche le signe du conseil.

Il avait rapidement envoyé sa demande après sa discussion avec Phil. Depuis il s'est efforcé de ne pas trop y penser, préférant vaquer à d'autres occupations.

Maintenant il fixe cette missive inerte posée sur sa table de bois brut. Une légère angoisse l'envahit. Il doit rester calme et avoir faire confiance au bon jugement du conseil. Il prend l'enveloppe lentement, la soupèse, la regarde la retourne, tout est peut-être joué se dit-il. Si sa requête s'est heurtée à un refus, ce sera inscrit à l'intérieur et il n'aura pas d'autres moyens de sauver Lila. Les membres du conseil ne reviennent jamais sur une décision, tout du moins ça ne s'est jamais vu.

Il mesure encore plus maintenant le l'ampleur du traitement de Lila qu'il a confié à Phil, et il espère vraiment obtenir une audience. Ce qui ne veut pas dire que tout est gagné d'avance.

Dans le passé, il lui est déjà arrivé de voir sa demande échouer. Il s'était senti complètement impuissant et désemparé face à leurs décisions. Quelques bonnes âmes en faisaient partie, mais malheureusement pour lui, elles n'avaient pas eu de poids sur l'assemblée.

La première chose à faire maintenant est d'ouvrir cette enveloppe pour être avisé.

Il ferme les yeux un court instant, prend sa respiration et la saisit, elle lui brûle presque les doigts. Il se dirige vers l'entrée où s'engouffre la lumière, s'emplit de l'éclairage franc et de la douce chaleur des rayons du soleil. Son regard se fixe vers l'extérieur, sur le spectacle merveilleux de la nature simple, puissante et belle.

Il peut ouvrir cette enveloppe maintenant, et il lit :

Cher Adrien, nous avons pris en considération votre requête et acceptons de l'étudier avec vous en assemblée du 8 courant. Soyez à la porte du conseil à l'aube du jour à cette date.

Le conseil.

Ça a le mérite d'être clair et concis, se dit-il. Toutefois pas très chaleureux, mais ce n'est pas leur fort.

Il fait quelques pas dans le jardin et s'assoit sous un imposant mûrier. Il regarde au loin à nouveau et se sent en paix, soulagé. Il a pu capter leur intérêt et il est satisfait.

Le 8 courant est dans 3 jours exactement. Il a peu de temps pour se préparer. Il sait qu'il ne doit y avoir aucune faille dans son argumentation, sinon ils le laisseront repartir bredouille. Il doit donc être le plus persuasif possible. Il veut qu'ils aillent dans le sens qu'il espère, il n'aura pas d'autre chance. Le conseil est difficile à convaincre et lorsqu'ils ont pris une décision ils ne reviennent jamais dessus. Cela aussi est clair dans l'esprit d'Adrien.

L'assemblée

Le jour n'est pas levé et le soleil ne se montrera pas avant au moins deux bonnes heures lorsque Adrien quitte son havre de paix et entreprend une longue marche à travers la nature profonde. Il décide de suivre le chemin qui arpente la montagne, bordé d'immenses sapins. Il visualise son parcours avant de l'emprunter. Les cailloux roulent sous ses pieds et il réveille doucement sur son passage les êtres endormis qui se trouvent là. Il rejoindra ensuite le ruisseau dans le creux de la vallée en coupant à travers champs. Il s'y arrêtera sans doute un moment et boira à cette eau d'une limpidité rare, reprendra la route en traversant les collines d'en face, il croisera probablement quelques animaux sauvages. Il n'a pas forcément besoin ce chemin qui n'est pas habituel, mais il se réjouit d'y retrouver des sensations pleines et riches de pureté.

***

Il met effectivement presque deux heures pour parcourir la distance sans se hâter, sans faire vraiment de halte, juste le temps de prendre le temps de tout voir, tout entendre sur son passage, en dérangeant le moins possible les milliers d'êtres autour de lui.

Il marche avec les premiers rayons du soleil avec dans son cœur toute la puissance de ce qu'il vient d'emmagasiner. Il a toujours rechargé son être de cette énergie et la nature est généreuse avec lui. Elle lui permet de ressentir toutes ces vibrations positives, aujourd'hui il en a encore plus besoin et son âme est en paix.

Il sait qu'il arrive à destination en empruntant le sentier qui se trouve devant lui, il est étroit et bordé de grands cèdres serrés les uns contre les autres, ce qui l'assombrit. Après plusieurs centaines de mètres, le chemin se termine. Adrien atteint sur une zone plus vaste et moins arborée où se situe le lieu de rassemblement du conseil. C'est une sorte de sanctuaire enfoui sous terre, une grotte dont seule l'entrée est visible.

Adrien progresse tranquillement lorsque l'imposante porte se dérobe avant même qu'il se soit manifesté.

– Bonjour Adrien, entrez, je vous prie.

Adrien s'avance puis se laisse guider par le portier tout au long de plusieurs couloirs sombres et étroits pour parvenir à la grande salle en amphithéâtre dans laquelle on accède par le bas. Le portier ouvre et l'invite à s'avancer vers l'assemblée. Il y a un banc en face d'eux, Adrien choisit de demeurer debout, tout du moins pour l'instant.

L'adjoint du conseiller supérieur prend la parole le premier.

– Adrien, nous avons étudié votre requête, et nous sommes très réservés quant à votre demande. Toutefois nous sommes aussi curieux de ce que vous avez à nous dire.

– Je vois, dit Adrien.

Était-il là juste pour assouvir l'avidité de certains ? se dit-il.

– Nous ne pouvons faire ça, dit une voix sur sa gauche.

– Il a raison, nous n'avons pas le droit de le faire, dit une autre maintenant.

– Et sur quelles bases le ferions-nous ? renchérit un individu situé dans les hauteurs.

– On n'a pas l'habitude de faire ça en plus, dit une femme.

– Oui moi aussi je suis d'accord pour ne pas le faire. Une autre voix moins sonore vient de s'exprimer.

– On perd notre temps, dit enfin une personne presque devant lui.

Ont-ils prévu de lui faire tourner la tête à parler tous en même temps ? Adrien décide de ne s'adresser qu'à l'adjoint du conseiller qui se trouve juste en face de lui.

– Il nous est déjà arrivé de faire certaines choses qui n'allaient pas vraiment dans le sens des directives, vous le savez aussi bien que moi, se défend-il.

– Oui, mais c'était différent, nous étions dans un cas d'urgence, dit l'adjoint.

– En effet, nous nous devions de sauver une vie et en l'occurrence celle d'un enfant, cette voix vient d'une femme au visage âgé.

– Votre lettre disait que vous vouliez faire des recherches. Adrien, expliquez ce qui motive cette demande, peut-être comprendrons-nous un peu mieux.

L'adjoint a parlé après que le conseiller lui ait chuchoté quelque chose. Adrien espère cet échange de bon augure.

– Oui bien sûr, c'est d'ailleurs pour cela que je suis là… dit Adrien.

– Doit-on vraiment aller plus loin ? On perd du temps avec ce cas, dit un homme sec.

– S'il vous plaît, laissons Adrien nous expliquer, reprend l'adjoint.

– Merci. Voilà, je sollicite l'autorisation du conseil pour me permettre de faire quelques recherches dans le passé de la mère de Lila, et voir si je trouve un lien avec Phil qui s'occupe de ce traitement.

– C'est bizarre comme demande, dit une jeune femme assise en haut de l'amphithéâtre.

– On ne fait que très rarement ce genre d'investigations, sauf dans des cas très particuliers, dit sa voisine.

Adrien suit les échanges sans riposter, il ne veut pas brusquer l'assemblée et ne pas s'éloigner de son but qui est d'obtenir un oui. L'adjoint paraît un peu contrarié par les diverses interventions.

– Adrien, votre demande est peu singulière, vous l'admettrez, dit-il.

– Oui j'en conviens.

Il lui fait signe de la main afin de l'encourager à continuer son exposé, mais il semble déjà moins coopératif.

– L'explication est assez simple en fin de compte. Il se trouve que la présence de Phil a été ressentie par la mère de Lila.

– Que dites-vous ? demande la femme âgée.

– La mère de Lila a dû percevoir la substance de Phil alors qu'il était en plein traitement.

– C'est assez étrange comme situation en effet, reprend l'adjoint, j'imagine que vous êtes sûr de Phil, il n'est pas du style à avoir provoqué ce trouble.

– Non ce n'est pas son genre, je suis arrivé sur place juste après, pour voir comment il s'en sortait et j'ai moi-même ressenti certains de ces effets qui demeuraient.

Le conseiller redresse légèrement sa tête et s'adresse directement à Adrien cette fois.

– Quelle serait votre méthode de recherche Adrien ? lui demande-t-il.

Un autre signe de bon augure, se dit Adrien. Certains membres de l'assemblée se sont mis à chuchoter entre eux. Cela ne se produit quasiment jamais qu'il intervienne instantanément. De plus il est resté dissimulé sous sa capuche noire et on ne distingue pas son visage.

– Je commencerai l'exploration autour de Phil, car c'est la base il me semble, et je compte chercher Émilie dans son entourage.

– Émilie ? questionne un homme.

– Oui, c'est la mère de Lila.

– Admettons que vous la trouviez, reprend la femme âgée.

L'assemblée paraît presque captivée. Il a su aiguiser leur curiosité, il s'agissait pour Adrien de jouer avec finesse maintenant.

– J'ai bien l'intention de la localiser. Dès que je l'aurai identifiée, je connaîtrai les liens qui les unissaient au cours de leurs différentes vies et je pourrai comprendre ce qui se trame aujourd'hui dans cette chambre d'hôpital.

– C'est de la folie, vous n'êtes sûr de rien. Il est possible que vous ne trouviez rien avant la préhistoire, dit une femme d'un ton amer.

– Et est-ce franchement raisonnable de passer tout ce temps sur un cas comme celui-ci ? Reprend un homme sèchement.

– C'est dangereux de faire ce genre de recherche en plus, vous le savez sans doute, dit une femme sur le côté de la salle.

L'adjoint, sans dire un mot, invite Adrien à poursuivre.

– Je suis très optimiste. Elle a ressenti sa présence peu de temps après avoir pénétré dans la chambre de sa fille. Phil se trouvait quasiment au même endroit qu'elle et elle a eu une bonne sensation, quelque chose d'agréable. Cela me laisse penser qu'elle était très proche de lui dans ses vies passées, et sans nul doute dans la dernière.

– C'est la première fois qu'un cas de ce type se présente, dit une jeune femme au conseiller qui ne bougeait pas d'un cil.

Peut-être que cette remarque n'ira pas dans le sens d'Adrien. Il demeure impassible.

– Admettons que vous la trouviez, êtes-vous sûr de comprendre ce qui se déroule aujourd'hui ? lui demande l'adjoint.

– Je l'espère, c'est le but. Pour l'instant il me manque trop de données pour décrypter quoi que ce soit.

– Nous perdons du temps avec cette jeune femme qui n'a pas bougé, me semble-t-il, laissez-la partir en toute tranquillité et prenez cas suivant, Adrien, dit l'homme à la voix sèche.

– Il y a eu des mouvements, se défend Adrien avant que d'autres se fassent entendre.

Le conseiller se penche vers l'adjoint, lui parle à l'oreille encore, puis se lève et quitte l'assemblée.

Adrien est presque angoissé maintenant, mais il ne bronche pas.

– Adrien, votre requête est justifiable, mais il se trouve tout de même des défauts de procédure que nous devons décortiquer et débattre en comité fermé, je suis désolé, mais je ne peux vous donner de réponse dans l'immédiat.

Des chuchotements parcourent la salle. Adrien s'interroge sur quand tout cet examen finira, il commence à se sentir fatigué.

– Vais-je devoir revenir ? demande-t-il finalement.

L'adjoint paraît gêné par cette question. Et bien... il se penche de droite et de gauche, regardant tous les membres présents, puis se tourne vers lui.

Il se lève, se courbe légèrement en avant et reprend :

– Cher conseil, il me semble que nous sommes assez nombreux aujourd'hui et si vous n'y voyez pas d'inconvénient nous pourrions rester réunis tout de suite en comité fermé.

Un silence de surprise se fait, puis des chuchotements de toutes parts. Adrien remarque que seulement certains membres récoltent les diverses positions.

– Pas de problème, dit l'homme à la voix sèche.

– Nous acceptons, dit la femme âgée.

– Oui, je suis d'accord aussi, dit la jeune femme.

– Oui oui, d'accord, dit un autre.

– Qu'on en finisse, dit encore une voix.

– Puisqu'on y est ! dit une autre une voix féminine.

L'adjoint se penche vers un homme un peu imposant et le questionne du regard.

– Puisque tout le monde est d'accord ! dit-il. Il semble suivre le mouvement malgré lui.

– Adrien, je vais vous demander de sortir le temps de notre délibération. On va vous conduire dans un petit salon où vous pourrez vous détendre un peu et on viendra vous chercher dès que ce sera terminé, êtes-vous d'accord avec cela ?

– Oui bien sûr, dit Adrien.

La délibération

Tous les membres du conseil se lèvent ensemble. Tous habillés de robes noires et maintenant qu'ils sont debout ils forment un bloc impressionnant.

L'adjoint fait signe à Adrien d'aller vers la sortie. Le portier qui semble être resté derrière la salle ouvre le passage et l'invite à le suivre. Ils parcourent les longs couloirs qu'ils ont pris en venant, mais en se dirigeant cette fois vers une autre galerie sur la gauche, ils descendent quelques marches. Cette zone est encore plus sombre. Enfin, ils se trouvent devant une porte que notre guide des lieux libère. Adrien pénètre dans un espace ni trop grand ni trop petit, meublé sur la droite d'un immense canapé Chesterfield et de tables basses. Dans une cheminée crépite un feu qui éclaire l'endroit aidé de quelques bougies réparties sur différents supports. Il ne voit pas tout de suite la silhouette stoïque non loin de l'âtre.

– Entrez, je vous en prie Adrien.

L'homme fait basculer sa capuche et Adrien reconnaît le conseiller, qui se met à parler tout en regardant les flammes.

– J'ai toujours aimé les feux de cheminée, dit-il. Lorsque j'étais enfant, je me tenais souvent devant l'imposant foyer de notre maison, tout est paisible et vivant dans cette contemplation.

Adrien l'écoute simplement. Puis il se tourne franchement vers lui.

– Venez vous asseoir, je vous en prie.

– Merci. Excusez ma question, mais vous ne délibérez pas avec l'assemblée ?

– Non, lui répond le conseiller presque en riant. C'est à eux de le faire, je ne le fais jamais.

Adrien semble inquiet d'un coup. Il a entendu tellement peu d'avis favorables.

– Ne vous tracassez pas, reprend-il. Même s'il n'y paraît pas toujours... tous les membres sont des êtres intelligents et ils feront le bon choix.

– Il est vrai que je suis un peu angoissé.

– Je sais que ce cas vous tient à cœur, mais je vous assure que si le conseil ne va pas dans votre sens c'est que ce sera la meilleure solution. Et puis vous aurez encore du temps pour y travailler. Peut-être que les éléments que vous voyez confus aujourd'hui se dénoueront.

– Conseiller, je vous avoue que j'en doute. J'ai vraiment besoin de faire des recherches approfondies, cela me semble vital pour mener à bien cette mission.

– Je vois, lui dit-il, vous paraissez sûr de vous.

Il lit dans ses pensées, il a ce don et Adrien doit se concentrer pour fermer son esprit autant que possible. Il ne veut pas risquer de dévoiler tout ce qu'il a élaboré.

Le conseiller se lève prestement, Adrien en fait de même.

– Restez assis Adrien je vous en prie. Je vais vous laisser maintenant, nous nous reverrons peut-être à un autre moment.

Adrien le regarde se diriger vers la sortie. Le gardien lui ouvre et il quitte la pièce sans se retourner.

Quelle conversation étrange se dit-il. Ici tout est encore plus bizarre que n'importe où ailleurs.

Au bout d'un temps qui lui paraît infini, la porte se dérobe enfin. L'homme apparaît dans l'embrasure et l'invite à le suivre.

Adrien fait le chemin inverse derrière cet individu qui a la fonction d'ouvrir les portes et de le guider. Tout en marchant, il se force à calmer son esprit afin d'avoir la meilleure attitude possible.

Est-il inquiet ? Il n'a jamais ressenti ce sentiment ici, dans ce monde. Lorsqu'il était venu la précédente et première fois devant cette assemblée il n'avait pas perçu cette angoisse. Il doit se ressaisir et se maîtriser pour rester serein.

Adrien se trouve à présent près de la salle, son portier dévoile l'entrée avant même qu'il ait eu le temps de prendre une nouvelle inspiration.

Les membres sont debout, comme quand il avait quitté cet espace, c'est à croire qu'ils n'ont pas bougé !

Il remarque rapidement que la place du conseiller est vide, ce qui ne le rassure pas du tout. Mais quoi faire ?

Il va directement là où il était avant de se retirer tout à l'heure et choisit de s'asseoir cette fois. S'aider par la stabilité de ce banc de bois lui permettra plus de maintien au cas où il en aurait besoin.

L'assemblée demeure debout pendant tout ce temps, puis tous s'assoient ensemble.

L'adjoint prend la parole le premier.

– Désolé Adrien, mais je crains que ce n'ait été un peu plus long que prévu. J'espère que vous étiez bien installé et que vous n'avez manqué de rien.

– Tout était parfait, je vous en remercie.

Une question lui brûlait les lèvres. Il se demande quel est leur résultat de ce long débat.

– Adrien, nous avons la conclusion de notre délibération, dit l'adjoint. Avant d'aller plus loin, je tiens à vous dire que les votes étaient très serrés, il y a beaucoup de réserve chez beaucoup d'entre nous.

Adrien l'écoute sans bouger, sans répondre, il sait que tout est joué, il ne connaît pas encore le fruit de cette séance, mais il ne la sent déjà pas si négative que cela.

– Nous avons délibéré et le verdict est un accord pour la continuité de ce traitement, mais avec quelques restrictions, dit l'homme à la voix sèche.

– Je vous écoute.

– Si vous ne trouvez aucun élément dans les trois précédentes vies d'Émilie, vous abandonnerez les recherches.

– Eh bien j'y ai tout intérêt, dit Adrien à haute voix même si cette remarque est plus une pensée profonde qu'une véritable réponse.

– Le travail de votre protégé ne durera pas plus longtemps si vous n'avez rien découvert de probant.

Adrien hoche la tête simplement en signe d'approbation.

– Vous resterez en dehors de la vie des êtres que vous reconnaîtrez, reprend-il.

– Bien sûr.

– Évidemment vous ne donnerez aucun élément qui pourrait modifier le futur de chacun, conclut-il.

– Absolument, là n'est pas le but.

Le prenait-il pour un débutant, cet homme à la voix si sèche ?

– Désolé Adrien rajoute l'adjoint, ces questions vous semblent sans doute futiles, mais nous nous devons de les énumérer, car ces points sont essentiels à notre déontologie.

– Je comprends.

Tous les membres se lèvent en même temps et cette fois ils précèdent Adrien. Les uns derrière les autres, ils quittent les lieux en ligne et dans un ordre parfait. Personne ne dit mot et seuls le son des pieds en mouvement et le bruissement des robes résonnent dans l'amphithéâtre.

Adrien ne voit pas l'adjoint qui se tient près de lui et attend que tout le monde soit sorti.

– Vous voyez Adrien, finalement l'issue n'est pas toujours négative.

– Oui je m'en rends compte, je vous en remercie.

– Je n'y suis pas pour grand-chose en fin de compte. Je dois vous avouer que certains d'entre nous croient vraiment en vous, disons que vous avez parmi nous quelques âmes charitables, lui dit-il avec un grand sourire.

Ces paroles réchauffent le cœur d'Adrien et le détendent un peu.

– Rentrez chez vous Adrien. Je vous souhaite bonne route, vous avez du travail et je ne tiens pas à vous retenir inutilement.

– Merci, merci mille fois.

Adrien se dirige vers la porte de sortie, les membres ayant emprunté un autre passage. Le portier lui ouvre pour la dernière fois et c'est avec un grand sourire qu'il le regarde même si lui reste impassible. Il est tellement heureux d'avoir franchi cette étape cruciale.

Il quitte le bâtiment à l'air pur et se rend compte que le soleil est en train de décroître dans la vallée. Il a passé une journée entière avec cette assemblée.

Le dernier traitement de Lila

Phil a la mission d'aider Lila à reconsidérer son passage vers la mort et de trouver le moyen de la faire revenir à la vie si tel est son destin.

***

Il passe du temps près d'elle, lui parle, lui explique qui il est et ce qu'il fait là.

Après les discussions compliquées avec Adrien, il ne lui avait pas fallu un long moment pour pénétrer l'inconscient de Lila. Savoir qu'il existait un lien plus ou moins proche avec sa mère actuelle l'aidait finalement beaucoup.

Elle a réagi dans son intérieur profond sans que cela se voie. Il réveille en elle quelque chose. Dans sa léthargie elle l'entend, l'écoute et finit par lui parler, toujours à l'intérieur de son corps, sans rien laisser paraître de l'extérieur.

Au début elle ne comprend pas, puis peu à peu elle se souvint : l'accident, sa sœur disparue. Elle semble pleurer encore dans le plus profond de son coma, Phil peut ressentir sa douleur si présente.

Il est attentif près d'elle, prend soin d'utiliser les bons mots et donne toute l'énergie dont il dispose.

Il ne lui parle pas de ce que lui a révélé Adrien. Il sait qu'elle doit faire ses propres expériences et qu'elle doit trouver le chemin vers la guérison pour arriver à se libérer du fardeau qui l'a plongé dans ce coma.

Il lui explique du mieux qu'il peut pourquoi il est à ses côtés, et pourquoi il est nécessaire qu'elle retourne dans le monde des vivants.

Il lui fait prendre conscience que sa vie n'est pas terminée et qu'elle doit la reprendre là où elle l'a abandonné. Que son cycle n'est pas fini et qu'il lui qu'elle reparte pour résoudre les énigmes.

Elle se laisse convaincre par Phil. Elle perçoit une forme de sécurité dans les paroles de cet homme. Maintenant elle sait qu'elle veut retrouver sa mère et sa vie.

Elle lui sourit finalement. Elle prend confiance de plus en plus en l'avenir, elle se sent bien dans les échanges de cet étrange personnage. Tout est un peu flou, rien n'est vraiment réel, elle le sait aussi.

Il lui explique qu'après son retour à la vie elle ne se souviendra pas de leurs conversations. C'est pour la protéger, car les autres ne comprendraient pas et tous voudraient sans doute l'interner pour folie extrême.

La machine est lancée, elle n'a plus besoin de lui et il doit repartir pour ne plus revenir. Il doit la laisser se réveiller pour de bon maintenant.

Il lui dit au revoir, la rassure et lui dit que tout va bien se passer, qu'elle n'a pas de crainte à avoir.

Elle n'est pas vraiment inquiète. Elle trouve étrange sa manière de lui dire au revoir. Il paraît triste, mais elle n'est pas sûre de le percevoir vraiment, alors elle ne sait pas trop quoi penser…

Les recherches d'Adrien

Phil, en sortant de son épais brouillard, se situe sur le chemin de terre près de la maison d'Adrien. La fin du traitement de Lila, les pensées qu'il n'arrive pas à laisser de côté...

Ce traitement était vraiment étrange se dit-il.

Il a besoin de voir Adrien à cet instant. Un peu comme un fils souhaiterait la présence de son père à la suite d'un événement compliqué, c'est la seule personne qu'il a envie de rencontrer à cet instant précis.

Il le retrouve sous l'immense tilleul avec son bloc de dessins et ses aquarelles. Les couleurs sont douces sur son papier. On peut distinguer une rivière, au loin une cascade glisse sur de gros rochers, dans le fond de grands arbres aux feuilles d'un vert très clair. Deux personnages sont sur un chemin à l'orée de cette forêt, ils se tiennent par la main. Ce paysage est très lumineux, Phil ressent une paix intérieure.

Adrien est resté silencieux devant l'attention que son protégé porte à son dessin. Il lève les yeux vers lui et lui dit simplement :

– Je crois que ce dessin est l'issue de ton traitement.

Phil le regarde sans répondre, puis se tourne à nouveau vers la peinture. Il est à la fois satisfait de sa réussite à faire renaître Lila et un peu triste de la fin de ses visites. Il sait désormais que Lila va reprendre le cours de sa vie, il est très confiant. Il a ressenti chez elle beaucoup de détermination. Il ne lui reste plus qu'à trouver sa nature profonde et lui permettre de vivre enfin pour elle, de vivre sa vraie vie. Ce dessin représente l'issue de sa vie en fait.

– Oui tu as raison, lui dit Adrien.

Adrien a lu dans son esprit.

– Excuse-moi, mais tu penses si fort que j'ai entendu tes mots, lui dit-il en riant.

Il détend cette atmosphère étrange dans lequel Phil se trouve, il rit avec lui.

– Elle est sur la voie du retour parmi les siens maintenant, lui dit Phil.

– Oui. Veux-tu connaître le résultat de mes premières recherches ?

– Bien sûr, je crois que je suis là pour ça en fait.

Adrien pose son bloc et invite Phil à s'asseoir en face de lui sur le muret, lui est installé sur son grand fauteuil en rotin garni de coussins confortables.

Il commence son récit et Phil l'écoute sans l'interrompre.

– L'Émilie d'aujourd'hui était ta tante dans ta précédente vie. Elle t'a recueilli après la mort de tes parents, t'a élevé comme son propre enfant à Malte jusqu'au moment où tu es parti en Afrique. Elle a été ta sœur aînée dans celle d'avant, t'a sauvé d'une noyade lorsque tu étais petit. Il lui est arrivé aussi d'être un ami très proche dans une autre de tes vies, il t'aurait sauvé dans un règlement de comptes.

– J'ai l'impression que cette Émilie est ma sauveuse ?

– Oui. Il semble qu'elle te soit venue en aide à plusieurs reprises et il se trouve que dans ses différentes formes humaines elle était toujours très près de toi, dans ta famille ou tes amis. C'est donc un personnage clé dans tes vies passées et te ressentir dans la chambre de sa fille était inévitable en sachant maintenant les liens que vous avez…

Phil reste silencieux, il mesure ce que Adrien vient de lui révéler.

– Y a-t-il quelque chose qui te paraît étrange ?

– Bizarrement j'imaginais que tu trouverais un autre lien que j'aurais pu avoir avec Émilie ?

– Tu veux dire comme une relation charnelle ?

– Oui, mais d'un autre côté, et je ne sais pour quelle raison, je suis heureux que ce ne soit pas le cas.

Adrien attend que Phil termine avant de répondre.

– Pour une explication que je ne connais pas, cela m'aurait dérangé, je crois, continue Phil.

– Je comprends…

– Aider sa fille à retrouver le chemin de la vie alors que j'ai peut-être partagé des moments intimes avec elle me semble inopportun.

– Oui si tu veux, mais de mon côté je ne vois rien de catastrophique.

– Tu disais qu'elle a été une sœur dans une de mes vies.

– Dans ton avant-dernière en fait.

– Et grâce à elle j'aurais réchappé d'une noyade ?

– Oui, à l'âge de 5 ans. Tu étais tombé dans la rivière qui bordait la maison de vos parents, le lac était à moitié gelé. Elle avait toujours un œil sur toi elle a pu te sauver, sinon tu serais mort d'hypothermie.

– Je lui dois une fière chandelle !

– Mais en fait tu n'as pas vécu longtemps de toute façon.

– Ah bon ! Et de quoi suis-je décédé ?

– Du typhus. Il t'a emporté avec ta sœur en 1852, tu avais alors tout juste 14 ans.

– Eh bien je crois que j'en ai assez pour l'instant, toutes ces vies c'est épuisant, dit Phil un peu ironiquement.

– Je comprends, lui répond Adrien en riant aussi.

– Par contre je ne suis pas sûr du lien aujourd'hui, car vous êtes tous les deux dans des espaces bien différents. Pourtant il y a eu cette perception dans la chambre de Lila, ce qui me laisse croire qu'il y a une interaction, même si tu es de l'autre côté. Je dois fouiller encore pour vraiment comprendre. Ce qui est sûr aujourd'hui c'est que vu la puissance des liens du passé elle ne pouvait pas ne pas déceler ta présence. Comme le parfum de quelqu'un qui passe dans la rue, on a une pensée pour la personne que l'on a connue portant ce même parfum. C'est un peu pareil finalement, elle a du ressentir ton aura.

– Il reste donc à trouver la vraie raison de sa manifestation en ma présence ?

– Oui c'est un peu ça.

– Ça ne risque pas d'être compliqué ce genre d'énigme ?

– J'ai ma petite idée…

– Puis-je en savoir plus ?

– Par les sensations qu'elle a perçues, elle a ressenti la présence de quelqu'un d'inhabituel dans la chambre de sa fille. C'est un signe, une sorte de clin d'œil, comme si elle te disait qu'elle savait que tu étais là, mais sans en être consciente bien sûr. C'est comme si sa mémoire karmique était venue lui faire remarquer que tu étais là. Ce n'est pas anodin du tout et je me demande si elle n'était pas en train de te solliciter de l'aide dans cette vie, un bon retour des choses en quelque sorte. Mais je dois fouiller un peu plus pour être sûr de ce que j'avance.

– Comment peut-on explorer alors que la personne concernée est encore de ce monde ?

– Il y a d'autres techniques, en fait, il me suffit d'aller dans sa précédente vie jusqu'à son décès pour voir se dessiner ce qui est prévu ensuite. C'est plus compliqué, mais en résumé ça se présente comme ça.

– Cela va prendre beaucoup de temps ?

– Normalement non, mais on ne sait jamais. Mais avant tout j'ai besoin de concentration avant de repartir, et de préparation.

Adrien prend congé. Il a eu l'autorisation de continuer ses recherches sur les vies antérieures d'Émilie, celles de Phil aussi. Maintenant que Lila est sur la voie du retour parmi les siens, Phil ne voit pas tellement l'intérêt d'aller chercher dans tout ce passé, mais cela paraît important pour lui.

Pour sa part, il va directement dans la clairière pour une longue méditation. Il a encore quelques belles énergies à envoyer à Lila pour l'aider à repartir dans la vie des hommes.

Partie 2 : Lila

Renaissance

Ma tête... J'ai mal à la tête... j'ai l'impression qu'il y a un épais brouillard dans mon crâne... Un bourdonnement aussi, lourd, sourd, mais présent, tout près... Je ne vois rien, en fait mes yeux ne s'ouvrent pas. Je m'y efforce, mais rien à faire, impossible... Je m'épuise, j'ai mal... Je m'enfonce dans le néant.

Ce bourdonnement, je sais ce que c'est maintenant, ce sont des voix. Elles sont inaudibles, mais je les entends ; de qui proviennent-elles ? Et ma tête... J'ai si mal…

Pourquoi je perçois toutes ces voix, suis-je folle ?

Et puis où suis-je ?

Pourquoi ne puis-je pas bouger ? Mes bras, mes jambes. Tout mon corps est inerte, je n'arrive pas à me mouvoir ?

Ouvrir les yeux ! Il faudrait que j'arrive à ouvrir les yeux !

Peut-être suis-je morte ? Et si j'étais morte ? C'est ça, je dois être dans l'autre monde…

Je me sens tellement fatiguée…

Comment pourrais-je me sentir épuisée si je suis morte ? Et... qu'est-ce que c'est ? Là ! j'ai perçu quelque chose de chaud sur ma peau ! Mais... Je m'affole... Mais oui, je sais ce que c'est ! C'est une main qui s'est posée sur mon bras, c'est pour cela que c'était chaud. Le contact d'une main... Cela me plaît, c'est agréable, j'ai si froid partout, surtout à l'intérieur... Ce doit être ça quand on est mort, on doit avoir froid... Je suis exténuée... Je m'enfonce dans le néant…

J'entends à nouveau des sons, il y en a moins maintenant... Je perçois une voix plus près de moi, tout près, je pourrais la toucher si je pouvais bouger...

– Je te laisse un moment avec l'infirmière, je vais me chercher du thé et je reviens, à tout de suite, ma chérie.

Je connais ce timbre, il m'est familier, j'ai grandi en aimant cette voix, je ne l'entendais pas souvent et l'espérais à chaque instant où j'étais dans ma chambre seule.

Une autre maintenant :

– Comment vas-tu Lila aujourd'hui ? Je vais prendre ta tension.

Je sens à nouveau cette chaleur sur ma peau, il y a du mouvement, elle manipule mon bras, elle attrape ma main, ses gestes sont doux, la sienne est chaude. Je voudrais dire quelque chose moi aussi, ouvrir les yeux, bouger, mais je n'arrive à rien... Je m'épuise...

Je dois faire un effort, je persévère, je me concentre encore, ma main dans la sienne, je dois y arriver.

Rapidement elle repose mon bras, j'entends des pas qui s'éloignent à toute allure. D'autres pas arrivent tout aussi vite, le bruit d'une porte avec la voix de tout à l'heure, je la reconnais bien maintenant, c'est celle de ma mère. Je l'entends me dire :

– Ma chérie, je suis là, je suis tellement heureuse, mon bébé, c'est maman.

Elle prend ma main dans les siennes, la serre, je n'ai plus de force pour répondre à ce geste.

J'entends d'autres voix maintenant, celle de toute à l'heure qui dit :

– J'ai ressenti la pression de sa main dans la mienne, je vous assure, il y aura d'autres manifestations.

J'y suis donc arrivée, j'ai pu bouger ne serait-ce qu'un peu. J'aimerais pouvoir ouvrir les yeux, si je pouvais voir ma mère je serais tellement heureuse.

Je me concentre à nouveau sur mon regard et soulever les paupières. J'ai l'impression qu'elles sont en plomb, qu'elles ont été fermées de force, qu'on les a soudées. C'est terrible de ne pas arriver à faire ces gestes simples.

J'entends ma mère toujours près de moi, il y a de l'excitation dans sa voix, de la joie, de la panique aussi.

Je canalise mon énergie, je dois lui faire comprendre que je sais qu'elle est là, une clarté me pénètre, c'est la lumière du jour. Puis des ombres, ce sont des silhouettes, celle qui est proche de moi porte la voix de ma mère, je ne la vois pas, elle est floue.

– Ma petite fille, je suis là, c'est maman, oh ma petite fille je suis tellement heureuse.

Sa voix se brise, je n'arrive pas à la distinguer. Je suis fatiguée, épuisée, je ne peux plus lutter, je me sens partir, j'entends encore quelques voix dire que c'est normal, qu'il faut du temps, que ça va aller maintenant, et puis plus rien.

Retour à la vie

La matinée est fraîche, mais le soleil est au rendez-vous. Il a l'air de me promettre de réchauffer mon corps amaigri et peut être de lui donner aussi un peu de couleur.

Je marche d'un pas vif, je me dirige vers le parc Borély où j'aimais flâner autrefois...

J'avance vers l'immense portail de fer ouvert sur le parc. Je connais les moindres recoins de ces lieux. Lorsque j'étais lasse, que mes yeux ne voyaient plus ce que je faisais à force de concentration sur mes planches de travail, je venais me dégourdir ici.

Je marche sans but, observe les enfants jouer, les nounous pousser des landaus, les vieux sur les bancs qui parlent seuls, le regard dans le vide.

Je commence à me demander si j'ai eu une bonne idée de venir ici. Les cris des bambins me dérangent, les promeneurs sont trop nombreux à mon goût, j'ai l'impression d'être scrutée, cette sensation m'est désagréable.

Et puis les souvenirs d'Iris ressurgissent aussi. Je nous vois assises sur l'herbe, j'aurais pu être une spectatrice nous observant de dos tellement ma mémoire est intacte. Je me fige quand je découvre l'arbre sur lequel je m'étais adossée la dernière fois où nous étions venues.

Iris avait l'habitude de passer chez moi à l'improviste lorsqu'elle estimait le temps trop long sans se voir, elle en profitait pour me sortir de mon travail. Cet endroit était facile, tout proche de mon appartement. Rien ne venait interférer dans cette complicité, c'était un moment à nous. Je la revois me parler avec de grands gestes, elle s'exprimait un peu fort parfois, et quand l'excitation était à son extrême, comme ce jour-là, elle était très allègre.

Je me surprends à sourire à ces souvenirs. Je ne bouge toujours pas, figée au milieu de la pelouse telle une statue, fixant mon morceau d'herbe, je remarque maintenant que les gens me regardent d'un air médusé.

Je me mets en mouvement et m'avance vers ce lieu. Je m'assois à la place où je devais me trouver l'an dernier, à peu près à la même époque. Comme aujourd'hui, le temps est beau et doux pour la saison. Iris était venue me chercher, me bousculant dans mes dossiers, m'obligeant à la suivre pour faire quelques pas dans ce parc. Je n'avais qu'à m'exécuter si j'aspirais à reprendre mon travail au plus tôt, car elle ne m'aurait pas lâchée avant que je sois sortie avec elle.

Je me souviens qu'elle était hystérique et me disait vouloir m'annoncer une grande nouvelle.

Après avoir joué aux devinettes durant un bon moment elle me déclarait, avec toute la solennité requise, que Jérôme et elle avaient décidé de se marier. C'était une sacrée information. Ils étaient très amoureux et allaient très bien ensemble.

Elle prévoyait de confectionner sa robe de mariée et la mienne... Et puis tant de choses à faire jusqu'au jour J arrêté quelques mois plus tard.

Je pouvais presque ressentir son enthousiasme. Sans que je m'en rende compte, des larmes se déversent sur mes joues. Je n'en suis pas choquée, je ne me sens pas si mal que cela, j'ai même l'impression que c'est bien. Je laisse enfin s'écouler mes émotions... Habituellement, je préfère les refouler en les enfouissant sous des tonnes de médicaments et thérapies.

*** *** ***

Je reste assise longtemps à contempler le paysage, les enfants et leurs parents ont déserté le parc, ce qui rend la zone calme, cela me convient parfaitement.

Je suis là, sans vraiment y être, les pensées dans le vide. J'ai envie de rester encore un certain temps...

Je sors de ma léthargie en entendant le gardien m'interpeller, me demandant si tout va bien et si j'ai besoin d'aide... Il fait quasiment nuit et froid aussi…

Je me lève péniblement et rentre sans me presser.

Changement

En me couchant tôt, j'espérais que ce temps m'aiderait à trouver le calme pour m'endormir facilement. Je tente de vider ma tête avec toutes les pensées qui traversent mon esprit, de toutes mes émotions, mais rien n'y fait. Alors j'attrape un bouquin. Je lis essentiellement des polars truffés d'intrigues, mais sans atrocité, je ne rentre jamais dans l'histoire et je ne gagne pas le sommeil.

Les médecins m'ont donné des médicaments antidépresseurs et calmants pour m'aider à passer ce cap, et des séances chez un psychiatre. Ça ne durera qu'un temps ont-ils dit. Ensuite vous reprendrez votre vie et vous verrez que ça ira mieux, tout cela ne sera qu'un mauvais souvenir.

Quelle ironie ! Un mauvais souvenir ? Mais qu'en savent-ils, eux ? Assis derrière leur bureau ou devant leurs patients, ils n'ont que ces paroles pour moi. Rien de concret, ils parlent pour ne rien dire en fin de compte. Aujourd'hui je suis en colère contre tous ces toubibs. Il ne sait rien ce psy. Il veut que je lui raconte de ce que je ressens, au début j'ai suivi les conseils de mon père, il m'a poussé en me déclarant que c'était nécessaire après le choc que j'avais vécu.

Je n'avais pas la force de le contredire. Je l'ai laissé faire dans ce programme de guérison, comme il avait dit.

Cela fait plusieurs mois que ça dure : je prends mes médicaments, j'en ai de toutes les couleurs. Je me rends aux consultations hebdomadaires chez mon psy. Mon père me téléphone tous les jours et je lui répète les mêmes mots, les mêmes phrases.

– Oui je vais bien, non je n'ai besoin de rien, oui si tu veux tu peux passer…

Je n'ai plus le goût à rien, je me laisse couler dans cette pseudo-vie, dans ce semblant d'existence qui a l'air de ne mener à rien.

La seule chose que j'ai réussi à faire est de réintégrer mon appartement dès que possible. J'ai choisi la rentrée des classes me disant que c'était le bon moment, tout comme un étudiant j'allais changer de vie. Mais ce n'est qu'un leurre. J'ai tout de même besoin des autres, de ma mère, de mon père, je suis engluée et je ne parviens pas à me reprendre en main.

***

Un matin j'ai décidé que c'en était trop, que je ne pouvais plus continuer comme ça. Je ne voulais plus être liée à ces toubibs, psy et chimie en tout genre qui engourdissent mon esprit et transforment mon cerveau en marmelade. Je suis déterminée à cesser cela et sans délai. Cela fait trop longtemps que je marche tel un zombie.

Je me suis donc levée pleine de bonnes résolutions. Je commence par rassembler tous mes médocs dans un pot en terre après avoir retiré l'enveloppe de certains, je les ai broyés avec un pilon avant d'y mettre le feu.

Ensuite j'ai appelé mon psy. La secrétaire me fait patienter le temps de finir sa conversation avec une personne, j'entends sa voix mielleuse je me rends compte que ne supporte plus ce timbre, ce seul son m'irrite. Et elle est toujours trop maquillée et empeste le parfum bon marché.Bonjour, c'est Lila Livéra, pourriez-vous annuler mon rendez-vous avec le Dr Henri s'il vous plaît ?

– Euh oui... Mademoiselle Livéra. Sa voix trahit déjà une légère contrariété.

Je sais qu'il n'aime pas qu'un entretien soit décommandé et encore moins à la dernière minute. Il m'avait rebattu les oreilles dès ma première visite en me disant que ce travail était un contrat entre nous, que je me devais de le respecter et lui de s'engager à me guérir...

Tu parles, j'ai l'impression d'avoir perdu mon temps et l'argent de la sécurité sociale en plus !

– Le docteur vous verra la semaine prochaine dans ce cas, mademoiselle Livéra ? a-t-elle demandé.

Je rétorque rapidement, ne voulant plus entendre sa voix mielleuse.

– Non non, vous pouvez dire au Dr Henri que je ne viendrai pas la semaine prochaine non plus.

Elle me coupe à son tour dans mon élan. Je la sens très contrariée maintenant...

– Mais mademoiselle, pour le bon suivi de la thérapie vous devez être présentes aux rendez-vous.
– Sans doute me suis-je fait mal comprendre. En fait je ne viendrai plus du tout, j'arrête les séances.
– Mais je ne saisis pas...

– Il n'y a rien de plus à savoir, je stoppe c'est tout.

– Mais, on ne peut pas cesser un traitement comme le vôtre...

– Eh bien vous voyez bien que si, puisque je le fais.

– Il me semble qu'il serait préférable que vous en parliez au docteur...

– Je ne suis pas disposée à le faire, pas maintenant en tous les cas, une autre fois peut-être.

– C'est-à-dire mademoiselle Livéra, que c'est quand même très brutal comme décision et je vous invite encore à y réfléchir, vous savez…

J'opte pour lui couper la parole d'une manière franchement brusque. Ma colère empire, et pour ne pas aller trop loin je crois qu'il vaut mieux stopper au plus tôt cette conversation.

– Au revoir mademoiselle, lui dis-je simplement, mais fermement.

– Euh... Au revoir mademoiselle Livéra, me répond-elle.

Je l'ai senti au bord de la panique.

Je repose enfin le téléphone, me laisse tomber sur le canapé, penche ma tête en arrière et ferme les yeux. Je suis soulagée. Je suis tout de même un peu ennuyée pour cette secrétaire qui va devoir affronter maintenant le docteur et lui annoncer la décision que je viens de prendre... Mais je refoule cette pensée pour savourer ce bon choix... Cela fait bien longtemps que je ne me suis pas sentie aussi bien.

Je vais dans ma chambre après avoir mis la bouilloire en route, me déshabille en vitesse et file sous la douche sans tarder. J'ai besoin d'eau chaude sur ma peau, elle est presque brûlante comme si je voulais me nettoyer de ces mois de pseudo existence, histoire de chasser d'un coup sec les stigmates de cette léthargie.

Je reste sous cette cascade très longtemps, l'eau couler sur ma nuque, mon visage. J'ai l'impression de retirer une vieille peau pour en faire apparaître une nouvelle, une toute neuve.

J'enfile des vêtements chauds et confortables avec l'envie de sortir et d'aller marcher un peu, je bois mon thé en vitesse avec cette idée en tête.

Le téléphone sonne moins d'une heure après ma conversation avec la secrétaire de mon psy. Ça ne peut être que mon père. Je crains de l'entendre et je me demande si je dois décrocher ou laisser le répondeur faire son travail.

À quoi bon attendre ? Autant régler ce point tout de suite. En plus je me sens forte et prête à lui dire aujourd'hui ce qui vient de changer en moi.

***

Je m'avance vers ce téléphone qui commence à m'irriter les oreilles et l'empoigne vivement.

– Allô ! Ma voix est volontairement lointaine.

– C'est papa ! me répond-il abruptement.

– Oui ? Je ne dois pas me laisser envahir par cette angoisse maintenant, je vais lui tenir tête.

– Le cabinet du Dr Henri m'a prévenu de ton appel, mais qu'est-ce qui t'a pris Lila ? Le ton monte déjà et je perçois une rage naissante.

Il fulmine à l'autre bout du fil, prêt à bondir à la moindre de mes explications. Je décide d'être brève et lui dire sans détour ce que je pense.

– Papa c'est mon choix.

– Mais tu es devenue folle ? Tu ne te rends pas compte de la gravité d'un arrêt aussi brutal ?

– C'est de continuer comme ça qui est dramatique.

– Que veux-tu dire ? C'est un excellent psychiatre, le meilleur qui soit en ce moment, sais-tu que des tas de patients ne peuvent même pas le voir tant son planning est chargé ?

– Eh bien ils vont être contents, je viens de libérer une plage horaire hebdomadaire...

– Tais-toi ! Tu fais l'enfant et tu fais des caprices, tu n'as plus l'âge de faire ça...

– Justement ! J'ai presque 30 ans et je ne suis plus une petite fille, ma vie part en décrépitude de jour en jour. Je m'englue dans ce qui ne ressemble plus à une vie, à quoi bon vivre si c'est de la sorte, je n'en peux plus.

Un temps de silence. Mon père reprend son souffle, ou peut-être vient-il de se rendre compte que je sors moi aussi de mes gonds...

– Mais tu aurais dû m'en parler avant, on aurait pu trouver une solution, me dit-il radouci. Je ne veux que ton bien Lila, je n'ai qu'une seule chose en tête, c'est ta guérison.

J'entends derrière ces paroles une angoisse légère, mais bien présente qu'il tente de masquer.

– Oui je sais papa, mais fais-moi confiance, je sens que c'est ce que je dois faire. Je dois reprendre ma vie en main, j'ai besoin d'avancer et je suis sûre d'y arriver.

– Tout de même, tu aurais dû m'en parler. Je me suis employé à tout organiser depuis ta sortie de l'hôpital, je suis redevable envers ce psychiatre tu sais, j'ai tellement insisté pour qu'il s'occupe de toi, tu comprends ?

Mon père m'avait bassiné les oreilles avant que je quitte l'hôpital avec ce Dr Henri, un ponte avait-il dit, le meilleur thérapeute du moment. Il le connaissait de réputation et avait utilisé son réseau d'amis afin que je puisse être suivie par lui. Je sens sa déception à l'autre bout du fil.

– Papa... Je t'en suis reconnaissante... Je n'ai nulle envie de lui dire ce que je ressens au fond de moi sur son fameux psychiatre. Je sais que j'ai agi dans l'impulsion du moment, mais c'est fait et un électrochoc est nécessaire de toute façon...

– Lila ? Tu es là ? me demande-t-il tout d'un coup, me sortant de mes réflexions.

– Oui oui papa, je suis là, j'étais plongé dans mes pensées.

– Veux-tu que je vienne te voir ?

– Non, pas maintenant. Plus tard peut-être.

– Bon d'accord, si tu as besoin de parler je suis là tu sais ? Sa voix est devenue plus douce.

– Oui oui, d'accord, je t'appellerai.

Je n'ai qu'une hâte désormais, c'est de raccrocher le téléphone. Mon père a un caractère compliqué. Je l'ai sans cesse connu en train de suivre une thérapie. Il a toujours une bonne raison et même s'il n'en avait pas, il en trouverait une. Il nous faisait remarquer souvent que cette façon de faire était la meilleure puisque cela lui avait permis de comprendre tel ou tel cheminement dans sa vie, mais c'était devenu insupportable de l'entendre.

Ma mère avait fini par le quitter lui, son psychiatre et autre thérapeutes.

– Écoute, je vais bien là, ne t'inquiète pas, dis-je avant qu'il ne reprenne la parole, on se rappelle plus tard.

– Bon très bien. Et je passerai te voir bientôt alors.

– Oui oui d'accord. Je raccroche enfin.

***

Je n'ai qu'une envie maintenant, c'est de déserter cet appartement avant que resurgisse le quotidien qui occupe toutes mes pensées depuis mon retour à la vie. Ce jour est à marquer d'une pierre blanche et il est hors de question qu'il en soit autrement après la grande décision que je viens de prendre.

Je remets toutefois ma sortie à un quart d'heure plus tard, je dois appeler ma mère sans délai. Mon père va s'en charger et lui reprocher sans doute ma résolution.

Il faut que je lui dise en plus que j'ai détruit tous mes médicaments. Je n'aurai pas risqué de le dire à mon père, il aurait été capable de me faire interner sur le champ.

***

– Allô, maman ?

– Ma chérie, comment vas-tu ?

Je comprends que mon père ne m'a pas précédée.

– Bien, enfin beaucoup mieux maintenant.

Je perçois l'incrédulité de ma mère à l'autre bout du fil.

– Eh bien, que nous vaut cette ardeur nouvelle dans ta voix ?

– En fait j'ai quelque chose à te dire.

– Oui, je t'écoute ma chérie.

Voilà ce que j'aime chez elle, cette confiance que je ressens dans sa voix. Les échanges sont clairs et fluides, pas de sous-entendu, pas de question détournée et elle sait patienter avant de réagir.

– J'ai pris une décision, la bonne décision.

– J'en suis sûre, ma chérie.

– Tu sais les cauchemars que je fais souvent, ce sont toujours les mêmes.

– Oui, tu en as refait un cette nuit ?

– Oui, et celui-là était particulièrement intense…

– Je t'écoute me dit-elle attendant la suite.

– Eh bien j'ai décidé d'arrêter les rendez-vous avec ce psy…

– Et tu penses que de ne plus y aller t'empêchera de faire ces cauchemars ?

– Non bien sûr, mais ce docteur Henri me met la tête en marmelade, je ne fais que ressasser le passé. Je dois lui parler tout le temps de ces mauvais rêves, j'ai l'impression de les alimenter en fin de compte. Comment puis-je espérer me sortir de tout ça ?

– Oui, je comprends. C'est l'hôpital qui a prescrit ces séances... Tu sais mon point de vue là-dessus.

Oui je le connais que trop bien, et je la reconnais aussi dans le fait de ne pas impliquer mon père dans cette décision. Il a su insister lourdement pour que je suive cette thérapie, elle a toujours la délicatesse de dire les choses autrement.

– Maman...

– Oui ! Y a-t-il autre chose ?

– Euh oui, j'ai aussi stoppé les médicaments que je prends tout au long de la journée.

– Eh bien, ce choix est plus compliqué, tu devrais attendre un petit peu...

– En fait, je les ai tous détruits, juste avant d'appeler le psy.

– Mmmm, attention, certains de ces médicaments ne peuvent s'arrêter que très progressivement...

– Eh bien je crois qu'il me faut plutôt du brutal là...

Ma réaction déclenche un rire à l'autre bout du fil et je ris moi aussi maintenant.

– Écoute, je ne peux pas te jeter la pierre, je n'étais pas franchement d'accord avec ce traitement très lourd, mais je sais qu'il peut être dangereux d'y mettre fin d'un coup.

– J'en ai conscience, mais si je ne prends pas de vraie décision, que va-t-il advenir de moi ?

– Je comprends ce que tu me dis, sache-le, mais je me dois de te mettre en garde quant aux conséquences pas très drôles de ce choix. Il se pourrait que tu retombes dans l'état dans lequel tu étais juste après ta sortie de l'hôpital.

Je revois l'image que me renvoyait alors le miroir à cette époque : le visage creusé, des cernes profonds sous les yeux, la maigreur de mon corps, le cerveau qui ne savait plus réfléchir?

Les mots qui ne sortaient pas de ma bouche, que des oui, des non aux questions posées, je ne voulais pas revivre ces moments.

– Au fait, ton père est-il au courant de tes décisions ?

– Eh bien le cabinet l'a averti de l'arrêt de mes rendez-vous après mon appel.

– Évidemment, et pour le reste ?

– Non, je ne lui ai rien dit.

– Si ça avait été le cas, il serait sans doute chez toi maintenant.

– Oui, sans aucun doute.

– Je pense ma chérie que pour parer à tout problème la première chose est de te procurer à nouveau la base de tes médicaments, au moins les plus délicats d'entre eux…

– Maman... Lui dis-je dans une plainte.

– Lila, je t'ai dit que je comprenais ta décision, mais je reste ta mère et je m'inquiète. Je sais que ces médicaments sont plus destructeurs qu'autre chose dans le fond, mais je sais aussi et cela est prouvé qu'il ne faut en aucun cas les stopper d'un seul coup. J'imagine que tu ne veux pas refaire un séjour à l'hôpital ?

– Ah ça non !

– Eh bien dans ce cas, laisse tomber ceux qui ne sont pas indispensables et garde encore un peu les autres en commençant dès à présent leur diminution.

– Bon, d'accord.

– Je vais appeler une amie qui va me conseiller sur ceux que tu peux arrêter et ceux qu'il te faut continuer. Si je contacte le médecin qui te les a prescrits, tu peux être sûre de voir ton père débarquer dans l'heure.

– Oui c'est certain, merci maman.

Je profite d'une légère pause dans notre conversation pour m'asseoir dans mon fauteuil club.

– Alors, dis-moi, que vas-tu faire aujourd'hui avec ton nouveau toi ?

– Eh bien je crois que vais me contenter de faire des choses simples, comme trier mes vêtements, ranger mon appartement...

– Et ? Je te sens songeuse, il y a autre chose ?

Ma mère a toujours eu un sixième sens très développé, avant même que l'on ouvre la bouche elle sait que quelque chose va sortir... Cela me fait sourire.

– Eh bien je crois qu'avec ce début de matinée mouvementée, j'ai envie d'un bon bol d'air bien frais, histoire de me nettoyer l'esprit.

– Oui, dit-elle en riant, l'air frais te fera du bien. Enfin l'air glacial, le soleil est là, mais le froid aussi... Au moins ce froid te ravivera les idées.

– Oui, absolument et c'est tout ce dont j'ai besoin.

Tu sais lorsque j'absorbe ces médicaments je n'ai plus le goût à rien. Je ne fais rien de mes journées. Là pour la première fois depuis longtemps j'ai envie de faire des choses simples, c'est déjà ça.

– Oui c'est un bon début, et je suis sûre que tu vas très bien t'en sortir.

– Eh bien je l'espère... Je me sens prête à reprendre mon travail aussi. Enfin pas tout de suite, je veux me remettre un peu sur pied avant, et puis ce serait tout doucement pour commencer, après on verra.

– C'est un merveilleux projet, ça ne peut que te faire du bien.

– Oui oui, c'est prématuré pour l'instant, mais c'est une pensée que j'ai eue et je voulais te la partager.

– Ça me fait très plaisir, et en attendant on pourrait aller au cinéma, au théâtre ou autre chose.

– C'est une bonne idée maman, mais j'ai besoin de me retrouver un peu avec moi-même avant d'aller me plonger dans une quelconque foule.

– Je comprends. Surtout, appelle-moi si ça ne va pas, d'accord ma chérie ?

– Oui, je te retéléphone de toute façon.

Cauchemars

La nuit je me réveille souvent en hurlant, je suis en nage. Je fais toujours le même cauchemar.

Je marche sur un sentier au milieu de la campagne, un de ces sentiers où nous aimions nous promener avec Iris. Nous nous racontions des histoires imaginaires lorsque nous étions enfants, nous riions aux éclats. C'était Iris qui avait les plus belles descriptions, les contes de fées ; elle savait les inventer, les narrer. Elle commençait toujours par « il était une fois » et la suite venait comme si elle lisait un livre. Elle était persuadée qu'elle vivrait ce genre de romance un jour, elle ne pouvait le concevoir autrement. Je tentais souvent de lui dire que la vie ne serait sans doute pas comme elle l'imaginait et que les contes de fées n'existent que dans les livres. Elle me rétorquait que si on y croyait vraiment ça arriverait, et elle y croyait fermement. On finissait toujours par rire de tout ce qu'on se racontait. Ensuite elle me mettait au défi d'accéder à plus vite qu'elle au bout du chemin qui menait à une immense clairière.

Elle se lançait à courir devant moi en criant que je n'étais pas capable de la rattraper, sédentaire que j'étais. Je disais que j'étais fatiguée, que je n'avais pas envie de courir, mais elle était déjà partie. Je m'élançais derrière elle, mais sans conviction. C'est à ce moment-là que je sentais une douleur dans ma poitrine, suivie d'une profonde angoisse et des sueurs froides. Iris n'était plus visible devant moi, je ne l'entendais plus rire ou crier mon nom, m'encourageant à la rattraper. Je l'appelais à mon tour, tentant de lui dire que ce n'était plus drôle, qu'elle devait s'arrêter... Au fur et à mesure que j'avançais sur ce chemin, mon inquiétude grandissait. Le ciel s'assombrissait alors que le temps radieux l'instant d'avant, je devais me trouver tout près de la clairière et je l'apercevrais dès que j'y pénétrerai.

Je ralentissais ma course. Incapable de tenir la distance, mon souffle était court et je manquais d'air. Quelque chose d'étrange arrivait, tout semblait bizarre, anormal, j'avais même le sentiment que les arbres me mettaient en garde, la forêt était plus intense, plus serrée, plus opaque, plus hostile aussi. J'avais maintenant presque peur, pourtant je n'avais jamais craint la nature. Petite j'aimais aller vers la lisière de la forêt pour entendre les bruits de la nuit alors que ma mère était morte de peur. Quand elle me voyait m'enfoncer ainsi vers la forêt elle me l'interdisait, mais je n'avais pas peur, jamais, je me sentais attirée par les bois.

J'atteignais enfin la fin du chemin, mais il ne se trouvait pas de clairière. À la place se on pouvait voir une ville avec une rivière, un pont permettait de rejoindre l'autre rive.

J'apercevais maintenant Iris au milieu de cette passerelle dans sa belle robe de mariée, je comprenais en un instant l'angoisse qui m'habitait : je vivais le jour de sa disparition.

Je restais figée à la lisière du bois, mes mains étaient moites, j'étais oppressée, j'avais la poitrine serrée, la bouche sèche, je ne pouvais prononcer le moindre mot. Je finissais par sortir de cet état avec difficulté pour m'efforcer de lui faire un signe afin qu'elle se retourne, qu'elle me voie, peut-être que si elle me voyait elle ne sauterait pas...

En me dirigeant vers elle je tentais de l'appeler, elle ne se bougeait pas. Le son de ma voix était bloqué dans ma gorge, je me faisais violence malgré ma fatigue et me mettais à courir, à crier encore. J'avais du mal à progresser, le sol reculait à mesure que j'avançais, comme un tapis roulant qui ne va pas dans le bon sens. Plus je cours, plus je perds de la distance.

Tout à coup elle grimpait sur la rambarde, ses gestes étaient lents, mais déterminés, devant la barrière, elle se tournait enfin, me regardait avec beaucoup de calme alors que je criais :

– NON IRIS NON !

Souriante, elle se retournait vers le vide, enjambait la balustrade, se tenait maintenant de dos.

– IRIS NON !

Elle devait m'écouter, elle ne pouvait pas ne pas m'entendre !

Elle me considérait, je savais à ce moment-là que c'était la dernière fois. Elle me souriait, puis lâchait ses deux mains, ouvrait ses bras et se laissait tomber dans le vide.

Je hurlais et m'effondrais sur le sol, ne pouvant aller plus loin. Je me réveille toujours à cet instant, en nage et en pleurs.

Ce matin, il me faut plusieurs minutes pour reprendre mes esprits, calmer la crise de larmes, je sanglote ensuite longtemps, étendue sur mon lit. Après avoir retrouvé ma conscience et n'ayant plus envie de rester allongée, je me lève, me dirige vers la cuisine où je bois un grand verre d'eau du robinet.

Le jour pointe, je suis épuisée, ces cauchemars m'ont vidée de toute mon énergie déjà précaire, je suis plus fatiguée au réveil qu'au coucher. Si je veux tenir le coup, je devrais encore recourir à ces maudites pilules qui me promettent de dormir la nuit prochaine. Les médecins m'ont assuré qu'elles n'ont pas d'effets secondaires, mais j'en doute. Je n'aime pas avaler de médicaments d'une manière générale, j'essaie de m'en passer le plus souvent possible. Pour l'heure je suis épuisée et je regrette presque de ne pas les avoir pris hier soir, la journée s'annonce longue. L'accident d'Iris a fait le vide autour de moi. Entre le coma et le retour à la vie, il s'est écoulé six mois maintenant, il est temps de rétablir un cours de vie normale. Est-ce que je le veux vraiment ? En suis-je capable ?

Je me rappelle avoir dit à ma mère que je souhaitais joindre quelques membres de mon ancienne clientèle, histoire de reprendre contact. Elle s'est empressée de me proposer de rencontrer certains de ses amis qui auraient besoin de mes services et qui attendent que je me remette au travail pour me confier leurs projets d'aménagement d'espaces verts. Maintenant que je me suis avancée, elle m'en reparle à chacune de nos conversations et sans en avoir l'air me pousse un peu dans ce sens. Je ne vois pas comment lui dire que finalement je ne sais plus trop où j'en suis. Je ne sais pas si c'est une bonne idée et si j'ai envie de reprendre ce travail de paysagiste qui est le mien... Je suis perdue.

Je dois encore réfléchir à ce que je veux vraiment, si c'est le bon moment, si je suis prête. Faire le point sur ma vie, mon état. Ai-je la force de remettre dans une activité ? Si je continue à faire ces cauchemars comment vais-je mener à bien un projet ? Comment puis-je être professionnelle ? Je ne sais pas vraiment si j'en étais capable. Ça me ferait du bien, j'en avais envie aussi, mais seulement parfois, mais plus à cet instant.

Je me prépare du thé que je bois brûlant, j'ai bien besoin de ça, encore cette idée de nettoyage intérieur. Une bonne douche chaude me lavera de cette nuit bien trop agitée.

Déjeuner avec ma mère

Je redécouvre Marseille peu à peu. Je n'ai plus vraiment arpenté ces rues depuis mon retour à la vie et je me rends compte que cela m'a manqué. J'ai seulement marché vers le parc Borely ou la plage du Prado, mais pas vraiment en ville, je crois que j'avais peur du monde.

Avant mon accident je choisissais dès que possible de circuler à pied plutôt qu'en métro ou en bus, je prenais un peu plus de temps pour arriver à mes rendez-vous. J'adorais aller au hasard des rues, stopper pour boire un café en terrasse, flâner et laisser le temps s'écouler.

Il y a toujours quelque chose à voir en ville : une belle façade de ces bâtiments anciens, des discussions corsées ou rigolotes, des enfants qui jouent dans les squares, des gens pressés, des vieux assis sur des bancs et donnent inexorablement à manger aux pigeons, tous ceux qui parlent au téléphone tout en marchant, voient-ils ce qui les entoure, il suffit de regarder pour s'en rendre compte.

J'ai le sentiment d'avoir été comme tous ces gens qui avancent dans la vie sans même la considérer.

Ce jour-là, j'ai rendez-vous avec ma mère pour un déjeuner à deux et je me réjouis d'aller à pied en solitaire dans cette ville que j'aime tant, j'ai pris plus de temps pour me permettre de flâner.

Je m'assois sur un des bancs du cours Julien. Le soleil est haut dans le ciel et réchauffe mon corps encore très amaigri, il semble me sourire et je l'accepte tout de go. Je suis profondément bien, légère, souriante, en paix... Cette sensation tellement oubliée. Je ferme les yeux pour mieux savourer cette paix intérieure, la place n'est pas encore comble.

Quelles belles soirées j'ai passées ici sur le cours Julien dans ces restaurants animés, les rires des amis, les éclats de rire d'Iris, derrière mes yeux clos je revis toutes ces scènes...

Un chahut d'enfants non loin de moi me tire de ma torpeur. Ils courent dans tous les sens alors que deux mamans poussent des landaus muets où doivent dormir des bébés. Je ne peux m'empêcher de repenser à Iris qui aurait tellement adoré avoir des enfants. Elle voulait d'abord être bien installée dans son travail, mais l'objectif de la maternité était bien réel, ce qui n'a jamais été mon cas.

Les mamans prennent place sur un banc voisin et tout en continuant leurs discussions elles sortent un pique-nique que les enfants vont sans doute dévorer sans tarder...

À ce moment précis je me rends compte que le temps s'est écoulé bien plus vite que je ne pensais. Je me redresse et me remets en route, ma mère doit m'attendre au restaurant. Elle n'est pas d'un naturel inquiet, mais mon retour à la vie « normale » est récent et elle est très attentive à mon égard. Comme j'ai coupé mon téléphone, elle ne risque pas de me joindre, et pourrait franchement s'inquiéter.

***

Je repars et presse le pas plutôt que de l'appeler, je ne suis pas très loin et dans moins de dix minutes je serais avec elle.

Elle m'invite à déjeuner presque chaque semaine dans ce restaurant italien que nous fréquentions depuis toujours, d'abord à quatre, puis à trois après le divorce de mes parents... Et maintenant à deux. Après mon retour à la vie, nous avions évoqué de changer de restaurant, mais nous avions vite décidé de ne rien changer à nos habitudes. Iris serait heureuse de nous voir réunies toutes les deux, c'est comme si elle était un peu avec nous en fin de compte. Ce n'est pas toujours facile et il arrive qu'une larme coule sur ma joue ou que ma mère ait les yeux rougis, mais notre choix est fait et nous ne reviendrons pas dessus.

D'habitude elle passe me prendre, mais aujourd'hui elle avait des courses à faire et un rendez-vous avec un ami éditeur. Je suis ravie de la rejoindre à pied et de redécouvrir cette ville en solitaire au milieu du monde.

Après avoir descendu en vitesse la Canebière, j'arrive un peu essoufflée, mais ragaillardie par cette marche rapide.

Je vois tout de suite ma mère, attablée à la terrasse de notre restaurant avec un homme qui m'est inconnu, mais qu'elle semble bien connaître. Leur conversation est enjouée, avec un peu de retenue tout de même. Je ralentis le pas en m'approchant, je ne m'attendais pas à ce qu'elle soit accompagnée et je suis un peu contrariée. L'homme me voit en premier, car ma mère me tourne le dos. Il se lève tout de suite et me salue, ma mère se retourne et me tend la joue. Les présentations ne se font pas attendre. Un ami de longue date les a récemment présentés l'un à l'autre. Il passait par là alors qu'elle arrivait au restaurant, et il avait proposé à ma mère de prendre un verre en m'attendant.

Cette rencontre a comblé mon retard en fin de compte, ainsi ma mère n'a pas eu le loisir d'être inquiète et c'est tant mieux.

Je regarde la scène. Cet homme a un visage doux avec des yeux rieurs, on peut lire la gentillesse sur son visage. Il m'a tout de suite mise à l'aise, me disant qu'il allait prendre congé, ne voulant pas nous déranger. Je le rassure et lui demande de prendre le temps d'au moins finir son verre.

Je prends place près de ma mère et commande un jus de tomate. La terrasse est ensoleillée, peu de monde est dans ce restaurant en pleine semaine. Ils finissent leur conversation, ma mère me dit soudain que Hervé, c'est son prénom, travaille sur la rénovation d'un quartier ancien.

Par courtoisie je l'interroge sur son travail : des bâtiments vétustes doivent être démolis bientôt et un projet de logements collectifs écologiques va voir le jour. Le projet est ficelé, la Mairie l'a approuvé et le permis est validé. Hervé semble très motivé et donne même envie de s'y intéresser de plus près.

– Votre mère m'a dit que vous êtes paysagiste ? me questionne-t-il

– Euh oui... C'est effectivement mon métier, dis-je un peu surprise par la question.

– J'ai besoin de quelqu'un comme vous pour repenser les espaces verts de ce projet. Nous voulons faire des zones différentes avec un espace de jeux pour les enfants, des potagers communs, un espace de détente, enfin tout est à créer. Si cela vous intéresse, je serais ravi de vous avoir comme partenaire, votre mère m'a tellement parlé de vos qualités professionnelles...

– Toutes les mères doivent faire ça sans doute, dis-je en la regardant et en lui lançant un regard un peu noir.

– Ne dites rien tout de suite, réfléchissez et puis contactez-moi dès que vous aurez pris votre décision.

Sur ce il se lève et me tend sa carte de visite. Je la prends machinalement.

– Il faut que je file, j'ai un déjeuner à ne pas manquer.

Il embrasse ma mère, et me tend la main, puis il disparaît au coin de la rue.

Je regarde ma mère, franchement sceptique. Qu'a-t-elle mijoté dans mon dos ? Elle devine mes pensées bien sûr.

– Ma chérie, tu m'avais bien dit que tu voulais reprendre du service, non ?

– Oui, mais je t'ai aussi dit que je ne me sentais pas tout à fait prête.

– Mmmm, oui ! Mais peut-être qu'il faut un peu pousser la machine maintenant, non ?

– Mmmm, peut-être que je pourrais le décider moi-même, non ?

– Oui ma chérie, me dit-elle, avec un sourire un peu mielleux, celui qu'elle a quand elle prend un peu trop les devants.

– Et bien sûr ce monsieur se trouve là juste au moment où j'arrive !

– Ma chérie, je t'assure que ce n'était pas un piège. La rencontre avec Hervé devant le restaurant n'était pas du tout prévue…

– Ah non ?

– Non, je t'assure. Je lui ai fait part de notre rendez-vous et c'est qu'à ce moment-là que je lui ai parlé de toi, j'en ai profité pour évoquer ton métier. Lorsqu'il m'a demandé si tu pourrais être intéressée par son projet je lui ai juste répondu que je savais que tu n'étais pas débordée en ce moment, rien de plus.

– Oui bien sûr, je ne risque pas d'être débordée puisque je n'ai pas repris mon travail. J'imagine que tu comptais lui parler de moi un jour ou l'autre ?

– Eh bien, je savais qu'il avançait sur un projet de grande envergure et je me disais que ça te ferait une bonne reprise, il fallait juste que vous puissiez vous rencontrer.

– Oui, comme aujourd'hui finalement.

– Je pensais te parler de lui un jour ou l'autre, mais tu repousses tellement l'échéance que finalement cette rencontre a été la bienvenue.

– Mais pourquoi me bouscules-tu maintenant ? Je t'ai dit que j'y pensais, laisse-moi encore un peu de temps...

– Écoute chérie, me coupe-t-elle, cet homme est important dans son domaine, il brasse des tas d'affaires, il s'occupe des chantiers les plus gros de la ville. Si tu travailles pour lui sur ce projet maintenant, je peux t'assurer que tu n'auras pas à chercher de travail avant longtemps, il est en plus honnête et sérieux. Je sais que dans ce milieu ce n'est pas toujours le cas, c'est d'ailleurs toi qui me l'as souvent répété.

– Il tombe franchement bien pour te remettre sur les rails.

– Oui c'est vrai, tu marques un point.

– Bon laisse-toi un peu temps de réflexion si tu veux, mais pas trop long tout de même, ça serait dommage de laisser passer cette chance.

– Ok, ok, je te promets d'y réfléchir... peut-on passer à autre chose maintenant ?

– Oui oui, bien sûr...

Il fait un temps vraiment merveilleux, on décide de rester à l'extérieur pour déjeuner, la terrasse est toujours ensoleillée à cette heure-ci. Nous parlons de tout et de rien, nous avons évoqué Iris aussi et les déjeuners que nous faisions ici toutes les trois, les éclats de rire pour rien du tout. Je me sens revivre peu à peu, et je sais que ma mère y est pour beaucoup, sans elle je n'en serais pas là, sans elle je n'aurais pas retrouvé la vie. Elle est pourtant très attristée elle aussi par la perte d'Iris. Perdre un enfant est sans doute encore plus terrible que perdre une sœur, mais elle ne montrait rien. Elle paraissait toujours très forte en face de moi, à me soutenir, à m'encourager, elle était vraiment formidable.

Travail

La pièce devient plus sombre, je me redresse pour allumer ma lampe de travail et mes calques dégringolent de ma planche à dessin. Depuis combien de temps je suis là-dessus ? Je suis engourdie... Toutes mes esquisses sont par terre, je les ramasse laborieusement, mon dos me fait mal. Je dois terminer de les remettre au propre. J'en ai une demi-douzaine à faire et n'en ai fait que cinq... et tout ça pour... avant-hier au moins.

J'ai gardé mon vieux style de finition à la main que j'aime toujours autant. Par chance je me rends compte que mes nouveaux clients apprécient beaucoup ce style. Presque plus personne ne le fait sur une planche à dessin c'est bien trop long. Les autres sont tous passés aux rendus informatiques, c'est bien aussi, ils ont l'avantage de ne pas tout refaire lorsqu'intervient la moindre modification ? Mais ce n'était pas ma manière de faire. J'espère ne pas devoir y venir un jour, je crains que cette méthode ne me convienne pas, je n'ai jamais été très attirée par cet outil et encore moins dans mon métier.

Je me redresse de mon siège, j'ai mal partout. J'étire mon dos, pose mes mains sur mes reins et tends de me délier... J'ai besoin de faire une pause... et prendre l'air me fera le plus grand bien.

Oui c'est ce que je vais faire, c'est une bonne idée. Les merveilleuses idées d'Iris me dis-je, elle arrivait toujours dans ces moments-là. Je laisse tomber un peu mes croquis, je me sens fatiguée d'un seul coup.

Je fais quelques pas dans mon appartement, pose ma tasse de café froid dans l'évier, me lave les mains qui sont colorées de feutres et crayons, m'étire à nouveau et jette un regard par la fenêtre. La lumière commence à décliner, le soleil se fait plus orangé, bientôt il fera nuit. Les journées raccourcissent de plus en plus, on s'approche inexorablement de l'hiver et du froid, je frissonne rien que d'y penser.

Je crois que je vais faire quelques pas dans le petit espace de verdure en bas de chez moi, et peut-être que j'irai un plus loin histoire de me dégourdir les jambes. De toute façon je ne suis plus bonne à rien maintenant. En plus de mon mal au dos, mes yeux me brûlent et connaissant ces symptômes je sais parfaitement qu'il ne sert à rien d'insister, je ferais du mauvais travail que je devrais refaire le lendemain. Sans scrupule je me décide à bouger, prends mon blouson en jean et sors très vite de cet appartement pour tenter de rattraper le soleil avant de le voir disparaître pour de bon.

Le calme de ma journée contraste avec les bruits du boulevard non loin de là : klaxons, accélérations de voitures, démarrages aux feux verts ; il n'y a pas de doute, tout le monde est pressé de rentrer et personne ne laissera sa place, au risque d'arriver quelques minutes plus tard. Je rejoins ce boulevard juste pour le traverser d'un pas un peu vif, pour ne pas rester trop longtemps dans ce brouhaha d'engins motorisés.

Mon but désormais est de me diriger vers la plage. Je ne suis pas certaine de l'atteindre avant que le soleil disparaisse. J'ai envie de respirer un peu d'air marin en plus et si je pouvais voir cet astre se coucher sur la mer ce serait une belle récompense après cette journée harassante, enfermée, le nez sur mes dessins. À cette idée je sens mon énergie accroître et mon pas accélérer ce qui me fait le plus grand bien, je m'en rends compte.

Je suis sur le trottoir de la contre-allée, contente d'être un peu en retrait du flot de voitures et de motos, c'est plus agréable, la végétation y est très présente. L'air est rempli de dioxyde de carbone, je plisse le nez et ne décélère pas pour ne pas rester trop longtemps dans cet air pollué.

Si je n'arrive pas à atteindre la plage, je m'arrêterais peut-être au parc Borély, me dis-je. J'aime beaucoup ce parc, je venais y courir autrefois, je n'en ai plus du tout envie. Enfin, qu'est-ce que j'en sais si j'en ai encore le désir, vu que je n'ai pas essayé de m'y remettre ? Mais j'ai l'impression que ce temps est révolu. Iris me demandait pourquoi je courais. Elle avait horreur de ça et ne m'avait jamais accompagnée dans mes footings hebdomadaires, sauf une fois où j'avais réussi à la décider, l'unique fois et ce fut un travail épuisant pour la convaincre. Je souris en y réfléchissant, c'était la seule activité que nous ne partagions pas.

Tout en marchant, mes pensées reviennent sur les mois qui se sont écoulés depuis ma sortie de l'hôpital.

Mon ancienne nouvelle vie avait fini par refaire surface depuis ce fameux déjeuner un peu piégé par ma mère. Moins d'une semaine plus tard, j'avais opté pour rappeler Hervé Dulan. J'avais laissé un message sur son répondeur et il m'avait téléphoné dans la demi-heure. Après avoir raccroché le combiné, je m'étais surprise à sourire et à sentir une satisfaction que je n'avais pas ressentie depuis des lustres, voilà un petit bonheur que j'avais encore enfoui. En fait j'étais tout simplement heureuse de rétablir ma vie professionnelle. Il m'avait donné un rendez-vous sur place pour le lendemain après-midi. L'échange avait été bref, concis et très courtois. J'aime cette qualité. Je sais aller droit au but moi aussi et j'apprécie de travailler avec des gens qui sont comme moi ; ainsi j'ai l'impression d'avancer vite et bien. Je pense maintenant à ma mère qui a su me remettre le pied à l'étrier au moment où j'hésitais encore. Il faudrait que je songe à la remercier vraiment.

***

Plusieurs semaines se sont écoulées depuis ce premier rendez-vous. Je suis maintenant débordée de travail avec ce projet qui finalement est bien plus important qu'il n'y paraissait au début. Je participe aux réunions de chantier hebdomadaire, les constructions avancent vite et Hervé est un homme efficace dans tous les domaines. Il est à l'aise avec tous et tout le monde l'est avec lui. En fin de visite nous prenons souvent un café ensemble, la plupart du temps en duo. J'ai l'impression qu'il me considère un peu comme une de ses filles, je le vois comme un père protecteur aussi, ce n'était pas désagréable dans cette période de retour à la vie. Que sait-il exactement de mon passé et de celui de ma mère ? Jamais il n'a posé de question ; d'ailleurs je ne sais absolument rien de sa vie non plus. Je prends cela comme un respect mutuel de nos espaces privés.

Je rencontre pas mal de monde dans son entourage, et j'ai déjà d'autres projets en prévision, moins importants, mais qui demeurent très intéressants. D'autres me demandant des conseils pour le choix des plantes dans leur jardin. Les gens veulent toujours tout sans se donner de mal, c'est-à-dire des fleurs, du vert, du joli, mais penser à tailler, couper, tondre, semer, préparer la terre, nourrir et surtout arroser. Tout cela doit faire partie du superflu, du coup personne n'a de fleurs.

***

J'arrive sur la plage encore dans mes pensées, j'y suis tellement plongée que je ne me suis même pas rendu compte des centaines de mètres que je viens de parcourir, pourtant la distance est importante depuis mon appartement.

Je lâche mon esprit pour prendre conscience de là où je suis. Le rivage après la pelouse est agréable à regarder. Le soleil est tout juste en train de se coucher, le spectacle est à la hauteur de mes attentes, un mélange de rose et de bleu avec un bout de soleil sur la mer, c'est sublime. Je respire l'air marin, il me chatouille les narines, j'avance sur le sable sans laisser tomber mes yeux, c'est merveilleux. J'entends des enfants jouer, je vois des cerfs-volants s'agiter dans le ciel, le vent souffle un peu pour le bonheur de ces marionnettes de tissu.

De jeunes couples main dans la main marchent le long de la plage, d'autres sont assis l'un contre l'autre, profitant du spectacle de la nature ; ils ont l'air amoureux... Je me surprends à les observer plus intensément et je souris, mais surtout je les envie. Ce sentiment que je ne ressentais pas avant jaillit en moi comme un espoir, une lueur, un besoin de connaître ce qu'ils vivent à cet instant. Je me demande d'où provient ce changement en moi, comment puis-je aujourd'hui imaginer une relation amoureuse, je n'ai jamais eu ce type de préoccupation par le passé. J'ai beau réfléchir, je ne vois aucun élément dans ma vie actuelle qui puisse me permettre de penser qu'il y a la moindre suspicion d'un amour à venir. Et puis je ne connais personne en particulier qui se soit intéressé à moi. Je ris toute seule de ce drôle de cheminement de mon esprit, quelle idée, quelle question bizarre je me pose là.

Je continue à marcher encore sur le sable. Est-ce possible que je vive une relation intime ? Que je puisse demeurer auprès d'un homme ? Iris était faite pour ça, pas moi.

Voilà un sentiment étrange.

Vernissage

J'avais cette invitation depuis au moins deux mois, et voilà qu'elle ressort de la pile de papiers que je suis en train de ranger. Je l'ai complètement oubliée. Maintenant qu'elle apparaît sous mes yeux je me souviens des paroles échangées avec Valentine : « Je compte sur toi. »

– Bien sûr que je viendrai.

– C'est promis ?

– Oui, c'est promis.

En fait je n'ai pas très envie de me retrouver au milieu de plein de gens, je fuis le monde. Je n'aspire qu'au calme, à l'isolement. Depuis mon accident je ne supporte plus grand-chose. J'ai passé tellement de temps seule que j'en suis devenue presque sauvage. Les regroupements de foule m'indisposent très vite, je n'arrive plus à être à mon aise dans les soirées même si elles sont très enjouées.

Mon travail a redémarré sur les chapeaux de roues, il m'apporte tout le relationnel nécessaire dont j'ai besoin. Mais apparemment, mes amis trouvent que ce n'est pas suffisant et m'incitent à sortir, me répétant que je ne peux me contenter que d'échanges professionnels.

Il est vrai qu'avant j'étais plus sociable. Je sortais souvent le soir avec eux, et avec Iris. Mais aujourd'hui, pour une raison obscure ou peut-être avec ce que j'ai vécu, je ne me sens plus l'âme à ce genre d'activités, rire et partager des moments simples avec ces mêmes amis. C'est un peu antisocial de ma part. Ils sont tellement gentils à se soucier de moi en plus. Il y a dans le lot des connaissances qui tentent aussi de me sortir, je n'ai pas forcément de lien très intime avec certains, mais tous ne sont pas à mettre de côté.

Quelles vilaines pensées me dis-je. Non ils sont bien présents et je me dois d'honorer quelques-unes de leurs propositions de temps à autre tout de même.

Je me tourne à nouveau vers le carton d'invitation. Je le saisis et le regarde franchement, je fais la moue. Je n'ai toutefois pas très envie d'y aller. Peut-être qu'elle m'a oubliée ? On ne s'est pas revues depuis un bon moment et nous n'en avons pas reparlé lors de notre dernier échange téléphonique. Il me prend d'espérer qu'elle ait carrément oublié de m'avoir invité, car je n'ai pas l'intention d'inventer une quelconque raison pour y échapper.

Les rares fois où j'ai usé de cette pratique, cela m'est retombé dessus, mon alibi ne tenait pas du tout et j'étais bien idiote à ce moment-là, j'en souris.

Ma mère ne risque pas de me faire venir pour le week-end dans la maison du Luberon, elle est partie en voyage avec son nouveau petit ami. Je suis plutôt en forme donc à l'abri d'une maladie surprise juste pour cette fin de la semaine.

Je ne vois rien qui peut me sauver, il n'y a que l'espoir qu'elle m'ait oublié pour de bon et j'en ferai autant. Je lui dirais plus tard que je suis bien désolée.

L'idée ne me plaît pas, validant le fait que je suis déjà en train d'élaborer un mensonge.

Sur ces réflexions le téléphone sonne. C'est justement Valentine qui vient prendre de mes nouvelles, c'est à croire qu'elle a entendu mes pensées. C'est toujours étrange cette bizarrerie de la vie. Il suffit de songer à quelqu'un pour qu'il se manifeste, et depuis mon accident j'ai l'impression que ça m'arrive tout le temps.

– Comment vas-tu ma Lila ? me demande-t-elle.

– Bien, merci et toi ?

– Je ne t'entends plus en ce moment, donc je m'inquiète.

C'est bien d'elle ça, elle est surprotectrice, difficile d'y échapper, mais je l'adore.

– Ne t'inquiète pas, je vais bien, juste débordée par mon travail qui prend tout mon temps.

– C'est bien que tu aies repris ton job, ça doit te changer les idées et remplir ta tête. Mais il faut aussi que tu sortes et que tu voies du monde, on ne te croise jamais.

– Oui enfin tu sais, du monde j'en vois plein maintenant avec les réunions de chantier, les rendez-vous...

– Oui, oui, bien sûr, mais ce n'est pas de ce monde dont je te parle, au fait, tu sais pourquoi je t'appelle ?

– Euh... pour prendre de mes nouvelles ?

– Tu ne sais pas mentir en plus, me dit-elle avec une pointe d'ironie. Tu sais très bien que je te téléphone pour te remémorer que mon vernissage arrive à grands pas et que tu as promis de venir me soutenir !

– Oui bien sûr, ton vernissage. Mais je ne suis pas sûre... c'est un peu tôt pour moi tout ce monde...

– Ta ra ta ta, tu ne me la fais pas celle-là, tu m'as dit que tu viendrais ! En plus j'ai besoin de toi pour voir si les critiques sont honnêtes ou s'ils me jouent du pipeau.

– Si c'est professionnel alors… je ne peux pas refuser.

– C'est promis alors ? Tu seras là ? Son ton est suppliant.

– Oui c'est promis. Je souris et elle le sent.

– Oui c'est promis. Je souris et elle le sent.

On termine la conversation très vite, car elle a encore un millier d'appels à passer pour le grand jour.

***

Eh bien me voilà ficelée et embarquée pour un vernissage le vendredi suivant, si je ne veux pas y aller il ne me reste plus qu'à me casser une jambe pour y échapper.

Finalement, son coup de téléphone enjoué m'a remplie de joie et je suis prête à être près d'elle et lui rendre ce service comme elle dit. Je sais pertinemment qu'elle se sert de cette excuse pour me pousser à venir, je suis satisfaite de sa ruse.

C'est une véritable amie, je l'aime beaucoup. Elle est très différente de moi, souvent trop gamine à mon goût, mais tellement drôle, guillerette et présente quand il le faut. Elle est l'une de ces personnes qui font tout pour que je bouge et sorte de chez moi, elle se soucie vraiment de moi.

Je n'ai que peu de contacts avec mes anciennes relations, les copains de travail ou de balade s'étaient manifestés au début, par téléphone plutôt qu'en venant me voir. Leurs appels s'étaient espacés peu à peu puis avaient cessé. Tous m'avaient proposé de prendre un café et de m'arrêter de chez eux, mais ces invitations avaient le goût de la politesse. Je répondais toujours par l'affirmative sachant bien sûr qu'il n'en serait rien.

Récemment, au hasard d'un coin de rue je suis tombée sur Noémie, grande, brune, très jolie et très courtisée, elle ne m'a pas reconnue. Elle a rougi quand elle m'a identifié alors qu'elle s'excusait parce qu'elle venait de me bousculer. Nous avons des amis communs et il nous est arrivé d'être dans les mêmes soirées privées. Sa réaction un peu lointaine et froide m'a déconcertée, je ne me suis pas attardée pour ne pas laisser s'installer une gêne plus que naissante.

J'ai compris ce jour-là qu'il y avait vraiment quelque chose de différent, un avant et un après, ce creux dans mon existence a fait le vide autour de moi. Je ne suis ni blessée ni attristée, cela me laisse songeuse, je vis une autre vie, celle de l'après-accident.

***

La fin de semaine se termine avec quelques rendez-vous de chantier, quelques esquisses à peaufiner, un projet à signer.

Le vendredi passe à toute vitesse. Je rentre chez moi vers seize heures après avoir fait quelques courses pour le week-end. Je ne compte pas trop sortir, j'irai flâner dans le parc avec un bon bouquin que j'aimerai finir. Je pose mes achats à la cuisine, mets de la musique, range mes produits frais.

Je me sers un verre de jus de pomme que ma mère m'a rapporté d'un producteur bio du Luberon. Je bois sur ma mini terrasse en profitant de l'air très doux, le soleil commence à tomber et la lumière est particulièrement belle en cette fin de journée.

Je serais bien restée jusqu'à la nuit à siroter mon jus et j'aurai continué avec un bon verre de Chardonnay un peu plus tard. Tout est si calme, une légère brise fait onduler les feuilles des arbres, les derniers oiseaux ont l'air de rentrer chez eux. Le parfum ambiant me laisse penser que le printemps n'est pas loin, quel doux moment de simplicité.

Mais je ne peux en savourer plus, le temps passe trop vite, je dois m'activer pour honorer ma promesse faite à Valentine en me rendant à son vernissage.

Les minutes s'écoulent inexorablement et me rapprochent de cette soirée où je n'ai plus très envie d'aller.

Le soleil disparaît et je me décide enfin à bouger. Je vais de ce pas choisir ma tenue en fonction du climat un peu frais. J'opte pour une robe en laine fine à col boule, des bottes et je mettrai un sautoir que m'a offert ma mère à Noël, je n'ai pas encore eu l'occasion de le porter. Je prends une douche rapide, me maquille légèrement et m'habille.

Il était déjà 17 h 45, je dois m'activer. Valentine compte sur moi pour arriver en avance, elle est anxieuse et m'a demandé d'être là avant tout le monde pour ne pas être seule à l'arrivée des premières personnes. Elle espère la visite de certains critiques d'art qu'elle a invités et qui ont répondu par l'affirmative. Je me décide à partir et préfère appeler un taxi, le centre-ville où se tient le vernissage est très difficile de stationnement. La voiture arrive moins de cinq minutes plus tard et je suis devant la salle en un quart d'heure.

Je descends, règle la course et me dirige vers l'exposition.

Je grimpe les quelques marches et avant même d'entrer je la vois qui s'active, donnant quelques recommandations aux serveurs postés derrière des tables dressées. Je la sens complètement stressée. Elle agite ses bras dans tous les sens, ce qui fait bouger sa robe vaporeuse, elle a l'air de parler à toute vitesse.

Je jette un bref regard autour d'elle. La salle est vaste, avec de larges piliers centraux qui supportent quelques cadres. Les éclairages sont disposés de manière à mettre ses peintures en valeur, son travail est magnifique, elle a œuvré d'arrache-pied depuis deux ans pour monter cette exposition. Ses toiles sont principalement des natures mortes, des cœurs de fleurs gigantesques, des barques colorées des îles où elle a vécu enfant avec ses parents.

Elle ne m'a pas encore remarquée, je m'approche d'elle doucement.

– Bonsoir Valentine, tu es superbe, lui dis-je, et ce lieu est splendide.

– Oh merci ma Lila, me dit-elle, heureuse de me voir. Mais tu dis ça pour me faire plaisir, je crois que je vais m'évanouir, je n'en peux plus, j'ai un trac fou et j'ai peur de faire plein de gaffes.

– Ne t'inquiète pas, tout va bien se passer, tes tableaux sont merveilleux, tu es magnifique, que veux-tu qu'il t'arrive ? Tu as mis toutes les chances de ton côté, je ne vois pas ce qui pourrait ne pas marcher. Allez respire, reprends tes esprits. Je vais te servir un verre de champagne ensuite ça ira mieux.

– Oui, oui, d'accord, me dit-elle, tu as raison, sers-moi un verre.

Je me déplace vers l'office où se tiennent les serveurs et je demande si je peux avoir deux coupes. Un instant plus tard, je retrouve Valentine en train de rediriger quelques spots de certains tableaux.

– Valentine, viens un peu par ici, lui dis-je.

Elle se tourne vers moi, laisse son bricolage et me rejoint.

– Merci, me dit-elle en prenant la coupe que je lui tends.
– Arrête maintenant, tu ne te rends même pas compte que tout est parfait.
– Trinquons, et je suis sûre que ta soirée va se passer merveilleusement bien.

Elle me regarde penaude, finalement me sourit et trinque avec moi.

– Merci d'être là, tu es apaisante tu sais et je me sens déjà mieux.
– C'est fait pour ça les amis, dis-je en l'enlaçant de mon bras libre.

Je lui dis quelques banalités afin qu'elle ne se replonge pas dans un stress démesuré surtout que l'heure approche, les premiers invités vont arriver d'un moment à l'autre.

Le temps d'y penser et quelques personnes apparaissent, des amis de Valentine, ce qui lui facilite la tâche et la libère encore un peu. Je suis près d'elle pour l'instant, je m'éloignerai pour laisser la place aux autres lorsqu'ils se feront plus nombreux, ce qui ne tarde pas.

Bientôt les critiques redoutés arrivent, et différentes personnes, tous inconnus bien sûr. En fait à part quelques vagues relations, je ne connais qu'elle, mais j'ai été tellement retirée de la vie publique que c'est plutôt normal.

Une musique douce complète l'ambiance devenue limpide et agréable, il n'y a pas trop de monde ce qui me satisfait pleinement. Valentine va d'un groupe d'invités à l'autre et me fait un signe de temps en temps, je l'encourage à poursuivre ses discussions et lui fais comprendre qu'elle s'en sort parfaitement bien.

Je sirote ma seconde flûte de champagne que j'ai accompagnée de quelques petits fours au risque de me retrouver pompette en un temps record et de ne plus pouvoir articuler un seul mot si cela est nécessaire.

La salle est bien remplie maintenant et les conversations des critiques sont terminées, tout s'est déroulé admirablement bien. Une journaliste charmante et très souriante l'a interviewé. Je suis sûre qu'elle aura un bon article dans les revues spécialisées.

Valentine vient vers moi dès qu'elle est un peu libre. Je la félicite chaleureusement, elle le mérite.

– Merci me dit-elle, ta présence m'a été précieuse.

Nous n'avons pas échangé plus de trois phrases qu'on vient déjà la solliciter pour lui présenter d'autres personnes et elle part en me lançant un regard désolé. Je la rassure et l'incite à y aller, c'est sa soirée.

Je jette de brefs coups d'œil aux gens que je n'ai pas encore remarqués.

Mon regard est attiré par un groupe, non parce qu'il est bruyant ou voyant, mais quelque chose d'imperceptible émane de ce rassemblement, une sorte de sérénité bienveillante. C'est étrange, du coup je reste figée un moment, je ne sais pas trop pour quelle raison.

Je dois regarder ailleurs avant qu'on remarque mon insistance qui devient, j'en suis sûre, incongrue. Je me déplace légèrement, après tout peut-être ai-je reconnu l'une de ces personnes, par sa voix, ou son allure, mais cette analyse est sans réponse. Dans l'incompréhension de ce que je vis, je me risque à jeter un autre coup d'œil brièvement, je dois presque me faire violence pour détacher mon regard.

Je tourne enfin la tête ailleurs et croise alors des personnes que j'ai vues au début de la soirée accompagnée de Valentine. Je leurs souris sans réfléchir, ils doivent me prendre pour une folle, je me sens de plus en plus bizarre, sans doute que le champagne à fait son œuvre.

Je m'éloigne et me dirige vers un angle de la pièce où il n'y a personne. Je m'appuie contre l'un des imposants piliers espérant un quelconque soutien de sa part et lance un dernier coup d'œil vers ce groupe étrange.

À ce moment précis un homme se détache légèrement des autres, il pivote et tourne la tête vers moi, nos regards se croisent et restent accrochés un moment, le sien est intense, presque envoûtant et très respectueux. Je ressens une forme de grâce.

Interpellé par les membres du groupe, il lâche ses yeux des miens. D'autres personnes se mêlent à eux, je le vois répondre spontanément aux questions qu'on lui pose, subtilement, il tente quelques regards vers le lieu où j'étais l'instant d'avant, mais j'ai changé de place.

Je l'observe de loin, je suis certaine de ne jamais l'avoir rencontré. Il doit être l'un des critiques d'art, il a l'air à l'aise dans les discussions et donne l'impression de bien connaître tout ce monde.

Je serais curieuse de savoir qui il peut bien être. Est-il à l'origine de cette sensation étrange, cette attirance que j'ai ressentie vers ce groupe ? Il m'a volontairement regardé, je suis perplexe.

Je décide de m'éloigner encore un peu plus afin de reprendre complètement mes esprits et de voir s'il ne s'agit pas d'une déformation de mon jugement.

Là où je me trouve maintenant mon entourage est bruyant, les gens sont rapides dans leurs gestes, j'en ai presque mal à la tête. Toute cette ambiance commence à me peser et je me dirige vers mon amie pour lui signifier mon départ imminent.

– Je me doutais que, les loups sortant du bois, tu ne resterais pas bien longtemps sur la place, me dit-elle d'un air amusé.
– Je fais la moue.

– Ne t'inquiète pas je comprends et excuse-moi, je suis déjà comblée que tu aies accepté de venir.

Elle est très heureuse de sa soirée, me remercie encore en m'enlaçant, nous nous embrassons pour nous dire au revoir.

Au même instant, je revois l'homme à l'autre bout de la salle, j'allais demander à Valentine qui il est et puis je me retiens. Elle m'interroge du regard, attendant que je dise quelque chose.

– Non rien rien, une pensée qui passait par là, mais j'ai oublié, lui dis-je.

À quoi bon lui poser des questions sur cet homme que vraisemblablement je ne reverrai jamais.

Il est de dos et il ne me voit pas, il est toujours très sollicité. Il doit être un fin connaisseur pour n'avoir aucune seconde de libre. Il fait sans doute partie de ces gens qui sortent beaucoup et qui rencontrent beaucoup de monde, juste tout ce que je fuis.

Je passe la porte rapidement et me dirige vers le coin de la rue espérant trouver un taxi. Quand je descends les marches, j'ai l'impression d'être suivie du regard. Encore une impression bizarre, mais je préfère ne pas me retourner pour ne pas risquer d'être retenue plus longtemps, j'ai seulement envie de rentrer dans ma tanière.

Une soirée pas comme les autres

Ces derniers temps je me sens lasse, je n'ai pas vraiment le goût à mon travail, la solitude commence à peser dans mon quotidien, mais je n'arrive toujours pas à me laisser entraîner par mes amis. Sensation étrange de cet entre-deux, je n'ai envie de rien en fait, juste de traînasser.

Ce jour-là, je me décide de sortir avec l'intention d'aller dans le parc histoire de ne pas tourner en rond chez moi, ce n'est pas un vrai besoin, mais je ne veux penser à rien. Il fait doux dehors, très doux même pour la saison, les gens disent : « il fait trop chaud, ça finira mal ». Tout le monde s'est donné le mot, les familles au complet avec enfants, chiens et ballons jouent sur les espaces verts, les amoureux, main dans la main, les vieux sur les bancs à savourer cette journée. C'est beau de les voir. Je me sens mieux à contempler toutes ces personnes en activité, ce bonheur étalé, j'en prends un peu pour moi. Demain, je repenserais à ces moments, ça me remplira.

***

Plus tard dans la journée je me laisse embarquer par une bonne copine, Julia, pour passer une soirée sympa loin de la ville m'a-t-elle dit, je ronchonne et lui dis que je n'en ai pas très envie. Elle insiste, me demandant comme une faveur d'être près d'elle complice de la relation naissante qu'elle a avec un garçon, son futur petit ami m'annonce-t-elle.

Je souris finalement... « Bon si c'est ton futur petit ami, alors je ne peux pas te le refuser ».

Par contre, j'ai insisté pour prendre ma voiture ne voulant pas être coincée dans une soirée interminable où l'on est obligé d'attendre les autres pour rentrer. Ses amis sont partis de leurs côtés.

Ce restaurant-bar est situé en dehors de la ville, loin de la zone urbanisée. La route pour s'y rendre est étroite, longue et sinueuse. J'ai l'impression d'aller vers le bout du monde. Mon peu d'enthousiasme baisse au fur et à mesure où on avance sur cette route sans fin. Julia me conforte me soutenant que l'endroit est particulièrement sympathique.

Enfin, au bout d'une bonne heure, nous arrivons sur place qui va être notre lieu de distraction. La bâtisse assez ancienne est imposante et simple à la fois. On la découvre en entrant dans une petite cour bordée d'immenses arbres, des mûriers paraissent plus vieux que la maison, ils semblent être les protecteurs des lieux.

Guidé par Julia, un peu forcée quand même, disons les choses comme elles sont. Je l'aime bien et c'est une bonne amie, avec tout ce qu'elle a fait pour moi au même titre que Valentine, je lui retourne un peu de sa présence à mes côtés dans mes moments sombres. Ce garçon lui plaît et elle ne veut pas paraître trop empressée en venant seule avec ce groupe de nouveaux amis. Elle m'a suppliée de l'accompagner, en acceptant j'ai précisé que je partirais dès que je le souhaiterais. Elle n'a pas eu d'autre solution que d'approuver.

Après nous être garées dans la cour, nous entrons. Les amis de Julia nous ont précédés, je traîne un peu le pas derrière elle. Nous grimpons les quelques marches pour atteindre un perron avec une terrasse étroite, une double porte complètement vitrée. La salle est circulaire et vaste, des piliers centraux supportent une coursive qui a l'air de desservir des pièces à l'étage. On a l'impression d'être dans un saloon, le mobilier est de ce type, des tables rondes en bois, un grand bar en zinc, des vitrines de verres, des miroirs partout, des tableaux représentant des ambiances de western. J'ai la sensation de pénétrer dans une autre époque. L'étage semble privé, sans doute les appartements des propriétaires.

Une petite estrade dans un coin de la pièce attend quelques musiciens, vu le cadre je dois m'attendre à du style country, je fais la moue n'étant pas ma musique favorite. Les instruments sont déjà là : violon, guitare, tambourin, et un truc bizarre qui ressemble à une planche à laver ancienne. Pour l'instant nous avons dans les enceintes une voix féminine agréable, douce et apaisante.

Les amis de Julia sont déjà installés autour d'une grande table ronde, elle me présente à eux et prend place tout naturellement à côté de celui qui sera, sans aucun doute son futur nouveau petit ami, Stéphane. Je me mets en face d'elle, entre deux de ces messieurs, Marc et Sébastien. Ils nous accueillent chaleureusement et simplement, je me détends un peu.

La soirée est agréable, l'ambiance est bon enfant et joyeuse et très réussie finalement. Les amis de Julia s'avèrent charmants et de très bonne compagnie. La maison propose un menu unique accompagné d'un Côtes-du-Rhône. Le groupe de musiciens est aussi de qualité, rien à voir avec la country que je craignais, mais plutôt du folk américain et du blues. Encore une appréhension qui s'envole. La relation entre Julia et Stéphane avance pas trop mal. Elle le dévore des yeux depuis le début de la soirée et il semble être sous son charme, c'est mignon de les voir, elle est redevenue adolescente avec l'excitation d'un premier amour.

Je profite de la pause du groupe pour sortir prendre l'air, laissant ce petit monde à leurs discussions joyeuses, je rassure Julia et lui dit que j'ai juste envie d'aller me dégourdir les jambes et respirer un peu d'air frais. La nuit est à peine fraîche et encore très douce pour la saison, le ciel est toutefois sombre et le vent souffle. Je marche dans l'obscurité, sans m'éloigner pour ne pas me perdre, mais assez pour n'entendre qu'un léger murmure de voix qui vient de l'intérieur, impossible de reconnaître qui parle. Je m'adosse à l'un des arbres imposants, je peux sentir l'énergie de ce mastodonte qui m'emplit, je recharge mes batteries. Le temps s'étire et je crois que je n'ai plus envie de cette ambiance, j'ai envie d'être seule maintenant. Je décide d'aller voir Julia pour lui signifier mon départ imminent. Peut-être que je suis trop sauvage pour être en compagnie, que je n'apprécie plus les gens. Je ne suis pas égoïste pour autant, je sais donner de mon temps, la preuve puisque je suis là et j'aime partager des idées, mais j'ai l'impression de me forcer à un moment donné, ce n'est pas toujours facile pour les autres je le sais bien. Depuis mon accident, depuis ce temps de retrait je suis comme ça, j'ai appris à être seule, j'ai pris goût pour cette solitude choisie. Je suis vite excédée par la foule, les bruits, les mouvements trop près de moi.

Les musiciens rangent leur matériel c'est le bon moment pour bouger moi aussi.

Je m'avance vers le restaurant, Julia en sort à ce moment-là accompagné de Stéphane. Elle vient à ma rencontre le laissant sur le perron. Je dois lui dire sans tarder que je veux rentrer maintenant. Elle va sans doute essayer de m'inciter à rester disant que l'endroit est génial, qu'elle s'amuse bien et qu'elle n'a pas envie de partir. Elle est euphorique et moi je sais bien que dans ces conditions je vais avoir du mal à refuser. Avant que j'aie eu le temps d'ouvrir la bouche, elle fonce sur moi et prend la parole avec un immense sourire, et une petite gêne, elle se retourne vers Stéphane qui lui fait un signe. Elle se détourne et me fait face.

– Dis, ça ne te dérange pas si je rentre avec Stéphane, on va continuer la soirée ailleurs.

– Non, ça ne me dérange pas.

– Tu es sûre, ça m'embête un peu de te laisser seule.

– Ne t'inquiète pas, j'allais justement te dire que je comptais partir.

Elle semble rassurée, m'embrasse et ne perd pas de temps pour s'éclipser avec son nouveau petit ami, toute guillerette, elle me dit en se retournant qu'elle m'appellera le lendemain, je lui signifie qu'on fera comme ça en me disant qu'elle sera sans doute occupée à autre chose. Je souris.

À l'intérieur je m'aperçois que l'endroit s'est vidé dans ce temps-là, seules quelques tables demeurent et quelques discussions joviales, mais plus calmes. Le restaurant va sans doute bientôt fermer. Je n'ai pas vu passer l'heure passer, j'ai dû rester plus longtemps que ce que je croyais dehors à méditer dans le vide de la nuit, je me sens bien, j'ai savouré ce moment de pause.

J'ai du mal à rassembler mes pensées, à me recentrer sur ce que je dois faire, ah oui partir de cet endroit, bizarrement je n'en ai presque plus envie tellement je me sens détendue, apaisée, c'est sans doute lié à l'air pur et régénérateur de ces grands arbres qui me fait cet effet.

Je me dirige vers les toilettes pour me passer un peu d'eau sur le visage et reprendre tout à fait mes esprits. Les toilettes des dames sont désertes, je contemple mon reflet, je me trouve étrange, l'heure tardive et la fatigue sans doute. Je me rafraîchis et je me sens plus alerte, prête à prendre la route. Je soupire.

Je dois me concentrer sur mon retour maintenant pour rentrer jusque chez moi, je suis seule en plus. Julia m'a lâchée, mais je ne lui en veux pas, elle a eu bien raison de l'avoir fait. Elle n'a pas eu beaucoup de chance avec son précédent compagnon, elle a bien le droit de vivre une belle aventure, je suis contente pour elle. Je n'ai toutefois pas trop fait attention au parcours en venant me laissant guider par elle, ça va être juste un peu plus compliqué.

Je me décide enfin à sortir des toilettes. La salle est de plus en plus vide. Je me dirige vers la table que nous occupions pour y récupérer ma veste échouée sur un dossier de chaise. Je croise les amis de Stéphane, ils s'en vont eux aussi et me demandent si tout ira bien pour le retour, si je préfère que nous fassions la route ensemble. « Non ce n'est pas la peine, ça va aller ». L'un d'entre eux me rappelle les directions que je dois prendre. C'est facile me dit-il, c'est toujours tout droit et lorsque je verrais le panneau de l'entrée de la ville je reconnaîtrais mon chemin. Je les rassure encore et leur dis qu'il n'y a aucune inquiétude, qu'ils peuvent partir tranquille.

Demain je n'ai pas grand-chose à faire et j'en profiterai pour ranger mon bureau qui disparaît sous un monceau de papiers et de dossiers.

Lorsque je me penche vers mon sac pour en sortir mes clés, un souffle étrange me parcourt, il n'y a pourtant pas de courant d'air, mais un doux parfum arrive à mes narines, quelque chose de léger et de subtil à la fois. Je regarde alentour pour voir les réactions des autres, mais rien, je suis la seule apparemment à avoir senti cela. C'est une perception un peu magique qui flotte dans l'air.

Mes yeux sont attirés par une zone à l'étage, un mouvement. Je vois alors un homme descendre lentement l'imposant escalier.

Je l'ai déjà vu, j'en suis sûre…

Il me regarde maintenant tout en continuant à marcher, je croise son regard, j'ai du mal à le lâcher. Il me faut néanmoins le faire, car je suis sur le départ. Sa silhouette m'est familière, pourtant il ne me semble pas le connaître vraiment, je suis certaine de ne lui avoir jamais parlé, j'ai juste cette sensation de l'avoir déjà vu.

Je perçois un léger sourire se dessiner sur son visage, l'air de me dire : « On se connaît. »

J'ai l'impression d'être transpercée par son regard, l'ambiance est de plus en plus bizarre, ou c'est moi qui trouve étrange cette situation, j'ai la sensation que le temps s'est subitement arrêté.

La scène se déroule au ralenti, la lumière est plus diffuse, beaucoup de lampes sont éteintes, la musique est basse. Je suis paralysée et je n'arrive pas à baisser les yeux.

Au bas des marches, l'homme est interpellé par un gars qui lui donne une tape sur l'épaule, un autre le salue puis s'en va. Il a l'air de connaître ces gens et d'être à l'aise.

J'en profite pour me détourner et reprendre quelque peu mes esprits. Je tente de m'activer pour récupérer mes affaires. Je m'emberlificote avec ma veste qui reste accrochée au dossier de la chaise, je tire dessus, je fais un bruit effroyable toute seule dans mon coin. Je remets tout en place et sans lever le nez je file vers la sortie pour échapper aux regards que je perçois sur moi.

Dehors le temps a complètement changé, le vent souffle plus fort, le ciel paraît bien plus sombre malgré la nuit et je sens venir la tempête, peut-être que la pluie attendra que je sois arrivée chez moi.

J'empoigne la poignée de la porte pour l'ouvrir, au même moment cet homme se trouve à mes côtés, grand avec un quelque chose de particulier, mon cœur s'emballe franchement. Je ne l'ai pas vu arriver. Il émane de lui un profond respect et inspire confiance. Il me regarde à nouveau et me salue.

– Bonsoir.

Ce seul mot dans sa bouche est doux et chaud à la fois.

– Euh bonsoir, dis-je à mon tour la gorge tout à fait nouée. Mes mains se mettent à trembler. Que m'arrive-t-il, mon sang bouillonne à l'intérieur de mes veines.

– On s'est déjà vu, dit-il.

– Je ne crois pas, je m'empresse de dire. Et pourtant je sens bien qu'il ne m'est pas totalement inconnu. Il est presque difficile d'être près de lui tellement sa présence me chamboule.

– Vous étiez au vernissage de Valentine au mois de janvier. Vous portiez une robe en laine, qui vous allait très bien d'ailleurs.

Il me regarde, sans trop d'insistance, un sourire léger, mais franc, il ne semble ni amusé, ni dragueur, ni je ne sais quoi en fait. Il est là, bien présent, près de moi à attendre ma réponse et une impression de ne pas vouloir en rester là.

– Euh oui, balbutié-je au bout d'un temps qui me paraît interminable. Je suis dans une totale impuissance face à cet homme. Je défaille presque. Vous êtes très physionomiste, je continue, cela remonte à presque trois mois.

Je me souviens maintenant de ce regard qui avait retenu le mien sans que je puisse m'en détacher, c'était lui bien sûr. L'homme au milieu de ce groupe. Je me suis éclipsée très vite de la soirée.

– Oui je le suis, me répond-il, mais seulement lorsque je le décide.

Je suis décontenancée, mon sac dans une main, ma veste dans l'autre, je me trouve gourde clouée sur place, mes jambes deviennent cotonneuses et j'ai l'impression que mon cerveau ne réagit plus aux simples commandes de mon corps, comme quitter cet endroit.

– Mes amis viennent de partir et je... je m'empresse de répondre pour dire quelque chose.

– Oui je les ai vus s'en aller, me dit-il avant que j'aie eu le temps de finir ma phrase. Excusez-moi, je ne veux pas vous retarder, mais je tenais à vous saluer avant votre départ. J'aurais aimé le faire lors du vernissage de Valentine, mais vous êtes partie très vite.

– Ah, mais pourquoi auriez-vous fait cela ? Je réponds un peu maladroite.

Son regard est profond et doux, je suis à nouveau transpercée par ses yeux.

– Eh bien, cela se fait parfois entre gens civilisés.

– Euh, oui bien sûr, mais on ne se connaît pas vraiment il me semble, et ce n'est pas la peinture qui nous aura mis en contact je suis inculte dans le domaine.

– On ne s'est jamais parlé j'en conviens. Et la plupart des gens se disent grands connaisseurs de toiles de maître alors qu'il n'en est rien, vous au moins vous, vous êtes honnête.

– Cette réflexion me fait sourire. Je ne me serais jamais permis d'argumenter sur telle toile ou tel artiste. J'aimais ou je n'aimais pas c'est tout.

– Tim, me dit-il, me tendant la main d'un geste très officiel. Êtes-vous pressée de rentrer ? Pourrais-je vous offrir un verre ou quelque chose de chaud ? Il me demande cela en regardant l'extérieur qui s'agite de plus en plus.

– Eh bien... je ne sais pas trop...

– Avant toute chose je n'ai pas l'habitude de m'imposer, je voulais seulement vous dire bonsoir et puis je me suis dit que vos amis étant partis, nous pouvions bavarder un moment, mais si je vous ennuie ou si vous êtes pressée je me retire et vous laisse partir.

– Non, non, vous ne m'ennuyez pas, c'est juste que... en fait, en général je ne parle pas...

– Aux inconnus ? me demande-t-il toujours souriant.

– Eh bien oui, je me défends. Je ne veux pas avoir l'air de tomber sous le charme du premier être qui passe, et pourtant...

Il provoque en moi une sorte de naufrage, une déferlante qui me projette à l'autre bout de je ne sais quoi. Je vacille, comme ivre, c'est très troublant, c'est le mot...troublant.

– Eh bien, comme je vous ai déjà vue lors de ce vernissage, je ne me sens pas complètement inconnu.

Je le regarde, interloquée, je ne sais plus quoi dire.

– Asseyons-nous un moment, vous êtes figée sur place et vous allez finir par avoir des crampes, me dit-il amusé, en plus le temps semble s'affoler dehors vous risqueriez de vous envoler.

– J'observe la cour qui effectivement a changé d'ambiance, les feuilles tourbillonnent, les branches s'agitent, la tempête menace de plus en plus. J'aurai même du mal à avancer sur ce chemin tout en cherchant ma route.

– Bon d'accord, le temps que les éléments se calment alors.

Il me sourit, jette un regard à l'extérieur et patiente.

J'ai l'impression d'être une gamine avec pas plus de trois mots de vocabulaire. Mon cœur s'est mis à battre à toute allure, une pointe se serre dans ma poitrine et ma gorge est nouée, la totale.

– C'est avec plaisir que je prendrai un dernier verre, mais plutôt sans alcool, car j'ai un peu de routes à faire ensuite. J'allais m'asseoir là où j'étais lorsqu'il me propose :
– Installons-nous à un coin du bar si vous voulez bien, car le maître de maison va sans doute vouloir ranger la salle.
– Oui, bien sûr.

Je le suis, empêtrée dans mes affaires, mon sac, ma veste que je porte n'importe comment, je ne veux pas le faire attendre, mais je trébuche sur un pied de chaise, je fais encore un bruit infernal, le maître de maison se retourne, mais pas lui, il semble n'y prêter aucune attention.

Il recule un tabouret de bar et m'invite à m'y asseoir. Je pose mon sac sur le comptoir et avant que je me trouve un endroit où mettre ma veste, il la prend et l'accroche simplement sur le porte-manteau à côté de lui. Il s'installe près de moi.

– Venez-vous souvent ici ? me demande-t-il.
– Non, c'est la première fois. En fait j'ai été entraînée par une copine.
– C'est comme ça que vous êtes arrivée ici.
– Oui, et vous ?
– Je viens de temps en temps. Les propriétaires sont des amis.

Quelques secondes s'écoulent sans qu'un mot soit prononcé.

– Lila est un joli prénom, me dit-il.

– Vous connaissez mon prénom ? Je lui réponds éberluée.

– Oui, désolé pour mon indiscrétion, mais je l'ai entendu de la bouche de votre copine lorsque vous étiez dehors, j'étais sur le pas d'une porte à l'étage.

– Non, il n'y a pas de mal, elle parle trop fort de toute façon, cela ne m'étonne pas du tout.

– Je me suis présenté tout à l'heure et pas vous, comme ça c'est fait, me dit-il avec une pointe d'amusement.

– Excusez ma maladresse. Donc vous c'est Tim, n'est-ce pas ?

– Oui c'est comme ça que mes amis m'appellent, c'est un diminutif qui ne ressemble pas vraiment à mon prénom, mais c'est une longue histoire.

Je hoche la tête en signe d'approbation. Je ne connais personne de ce nom, et même si n'est qu'un diminutif que j'aime déjà.

Il sourit légèrement comme s'il sentait ce que je pensais, je suis troublée.

Il me demande ce que je fais de mes journées, je lui réponds que je suis paysagiste. Je lui explique en quoi consiste mon travail, l'étude des terrains, du type des sols, des espaces à aménager et à modifier, le choix des végétaux. Être à l'extérieur me plaît beaucoup. Il m'écoute avec attention.

À mon tour je lui demande ce qui remplit son temps, il me dit qu'il est commissaire-priseur, il aime aussi trouver de nouveaux talents. Il a des tas de clients qui sont intéressés par les artistes inconnus qui ont un vrai potentiel, ce qui l'emmène souvent à se déplacer et à voyager parfois même à l'autre bout du monde. Il ne s'éparpille pas dans ses explications, il demeure détendu et mesuré. Chacun de ses mouvements semble étudié, juste nécessaire, il n'est pas du style à faire de grands gestes en parlant comme beaucoup le font par chez nous.

Nous avons discuté longtemps sans que je me rende compte de l'heure, la nuit est bien avancée lorsque nous entendons un bruit effroyable à l'extérieur. Le gérant se précipite au-dehors et dit : « l'arbre a fini par tomber. » Tim semble savoir de quoi il s'agit. Un vieil arbre mort qui devait être coupé et qui ne l'a pas été faute de temps. Sa femme est en colère et lui dit qu'il aurait pu tomber sur une voiture, ou pire sur quelqu'un.

C'est à ce moment que je me rends compte que la tempête s'est franchement levée, les branches des arbres bougent dans tous les sens et le vent siffle sous le porche d'entrée.

– T'inquiètes pas, lui dit le gérant, vu où il se trouvait il ne pouvait pas tomber sur le parking et puis les clients sont tous partis à cette heure. On le fera couper demain et tout ira bien pour la prochaine ouverture.

Sa femme se tourne vers moi perturbée, elle vient de se rendre compte qu'il reste une cliente et lance un regard inquiet à son mari. Tim fait partie des intimes à priori.

– Eh bien mademoiselle, je crains que vous soyez la seule ennuyée par cette catastrophe, me dit-il.

Je regarde l'extérieur avec plus d'attention. L'arbre repose maintenant par terre, je ne l'ai pas remarqué quand il était debout, mais là, il est gigantesque. Il n'a fait aucun dégât matériel, mais il bloque l'entrée du parking et du coup le chemin pour en sortir, autrement dit le passage de ma voiture, seule et unique à être garée sur ce parking.

Rien ne se passe comme prévu

Je reste sans voix. La gérante me propose d'appeler sans tarder un taxi qu'elle réglera afin que je puisse retourner à mon domicile. Je la remercie et accepte sa proposition spontanément. Je ne me détache pas de cette scène.

Je l'entends s'affairer derrière son bar et râler pour trouver le numéro de la station de taxis, son mari lui dit que ce n'est pas la peine, à cette heure-ci personne ne répondra, nous sommes dans un coin trop retiré pour avoir un service de taxi toute la nuit. Tim est proche de moi et vit l'événement un peu en retrait, il semble vouloir m'apaiser, et son attitude me dit de me pas m'inquiéter. Je ne suis pas plus inquiète que cela d'ailleurs, demain tout serait fini puisque l'arbre serait coupé en tronçons. Jusque là, je suis coincée ici.

Il s'approche de moi, je perçois la chaleur qui émane de lui et mon cœur s'emballe à nouveau. De sa douce voix il me dit :

– Ne vous inquiétez pas, les propriétaires ont quelques chambres à louer, ils se feront sans doute un plaisir de vous en proposer une…
– Oui c'est une idée, sans doute la seule bonne qui soit désormais possible, je lui réponds tentant de me détendre un peu.

Quelle drôle de soirée, venir ici au fin fond de je ne sais où, rencontrer ce Tim et tomber sous son charme… Et maintenant cet arbre qui s'effondre... j'ai l'impression que le monde autour de moi s'est mis d'accord pour chambouler ma vie.

Tim discute maintenant avec les gérants, mais l'échange n'a pas l'air si fluide, et je sens chez eux une légère de panique. Tim revient vers moi sans dire un mot, il a l'air un tantinet contrarié... Je l'interroge du regard avec empressement.

– Il semble que les éléments ne vous facilitent pas la vie... me dit-il.

– Mais encore ? je lui demande.

– Et bien, figurez-vous que toutes les chambres sont inaccessibles. Ils ont eu un dégât des eaux et sont en train de refaire la toiture, ils ont eux-mêmes dû déménager dans une salle qui leur sert habituellement de salon privé. Je pensais que quelques chambres étaient encore accessibles, mais il n'en est rien.

– C'est bien ma chance, dis-je.

– J'ai toutefois une solution de dernière minute, me dit-il.

Sans attendre une réponse de ma part, il continue :

– Je peux vous héberger pour la nuit. Ma maison n'est pas loin.

Je le regarde abasourdie.

– Ma voiture n'est pas bloquée, j'ai pris l'habitude depuis longtemps de me garer de l'autre côté du chemin, j'aime pouvoir partir sans être pris au piège par les autres véhicules et sans déranger personne.

– Merci, mais je…enfin je... en me tournant légèrement, je le regarde sans finir ma phrase, je ne sais pas quoi dire en fait. Refuser paraît être normal, mais la situation ne l'est pas.

Je n'arrive pas à être inquiète de l'évolution de tous ces événements.

– Vous ne pouvez pas rester là de toute façon, et vous n'allez pas dormir dans votre voiture, ma maison est grande et une chambre d'amis est toujours prête. Dès demain tout sera arrangé et vous pourrez rentrer chez vous sans problème.

– Eh bien, je ne sais trop quoi dire.

– Dites oui. Vous n'avez rien à craindre de moi, êtes vous inquiète ? me demande-t-il.

– Non, je ne le suis pas.

Je suis un peu déstabilisée par la rapidité de ce qui se joue, mais pas inquiète, ce qui me paraît curieux. Ce n'est toutefois pas dans mes habitudes de partir avec un homme que je connais à peine et en plus dormir chez lui.

Tim se dirige vers le comptoir, où la gérante paraît très ennuyée pour moi. Je le regarde, il a vraiment une allure peu ordinaire, il est tellement respectueux de tout. Je ne peux qu'avoir confiance en lui.

Il prend déjà ma veste qu'il me présente afin que je l'enfile, ce geste a quelque chose de désuet, courtois et très galant.

– Ne vous inquiétez pas, dit-il à la patronne, je vais héberger Lila pour la nuit. Elle pourra récupérer sa voiture dès demain matin, penses-tu que ce soit possible ?

J'entends le gérant le remercier et lui assurer que son homme à tout faire s'occupera dès l'aube de dégager le parking. À 9 h le lendemain matin je pourrais récupérer ma voiture.

Nous sortons sans plus tarder. Je le suis dans la nuit noire et un peu apocalyptique avec ce grand arbre mort étendu au coin de la cour, ma voiture penaude pas bien loin de là.

Il m'entraîne à l'extérieur du parking en direction du chemin par lequel je suis arrivée plus tôt. Nous contournons l'arbre en longeant une remise, car l'accès principal est complètement obstrué. Il retient quelques branches afin de me faciliter le passage. Sans rien dire, nous sortons sur une petite route complètement déserte. Là est rangé son véhicule, un modèle coupé sport sombre.

Il m'invite à y entrer en ouvrant la portière passager. Je m'installe toujours sans rien dire. Il prend place derrière le volant en silence. Le contact enclenché, le moteur ronfle. Il négocie un demi-tour habile et se met à rouler dans le sens opposé de celui que j'ai pris pour arriver. Je peux voir l'arbre échoué par terre et rangé de telle façon qu'il m'aurait été impossible de franchir le passage.

– Nous serons arrivés dans moins de dix minutes, me dit-il.

Je ne réponds rien, c'est un peu bizarre de se retrouver avec un presque parfait inconnu, au milieu de la nuit, en direction de sa maison où je vais y passer le reste de la nuit.

Il me lance un bref regard, comme s'il vient d'entendre ce que je pense. Il fait une moue discrète et amusée, et je suis gênée.

– C'est une situation particulière, me dit-il, êtes-vous inquiète de la tournure que prennent les événements ?

– Non, je ne suis pas si inquiète, dis-je un peu hésitante. C'est juste un peu étrange comme situation.

– Je vous l'accorde, dit-il.

Nous arrivons à l'entrée d'une propriété arborée, un immense portail en ferronnerie ancien s'ouvre à notre approche, je n'ai pas remarqué qu'il ait appuyé sur un quelconque boîtier pour l'ouvrir. Mais tout est un peu étrange depuis ces dernières heures, cette rencontre, cet arbre, la fin de cette soirée, comment sera ma nuit ?

Il se gare devant une demeure imposante, d'architecture contemporaine, une coursive extérieure en fait presque tout le tour, protégée par une avancée de toiture. Les murs sont en pierre sombre, les fenêtres munies de persiennes coulissantes en bois. Une faible lueur à l'intérieur est visible. Je n'entends que le crissement des pneus sur le gravier.

Il coupe le contact et descend de la voiture. Avant que j'aie eu le temps de bouger, il se trouve à côté de ma portière qu'il ouvre. Il me tend sa main pour m'inviter à sortir du véhicule. Tous ces gestes d'un autre temps sont un peu démodés, mais fort agréables.

Il m'invite à le suivre.

Nous entrons, la porte n'est pas verrouillée. La pièce est vaste, la lumière vue de l'extérieur est une lampe Gallé posée sur un guéridon non loin de là et diffuse une lumière douce et chaude.

Il prend ma veste qu'il pose délicatement sur une chaise de la pièce principale donnant sur le hall.

– Je vous montre votre chambre, me dit-il.

Je le suis dans l'escalier qui va à l'étage. Nous longeons un couloir-galerie ouvert sur le rez-de-chaussée, j'aperçois sur le mur des tableaux de maître ou peut-être des copies. Le couloir dessert plusieurs pièces dont les portes sont fermées. La porte devant laquelle il s'arrête est la dernière. Il l'ouvre, me précède et allume des lampes de chevet.

– J'espère que ça vous convient, me dit-il.

– Oui, c'est parfait, merci.

La pièce est immense, le lit sur la gauche l'est tout autant, un fauteuil club devant une porte-fenêtre de l'autre côté et légèrement sur la droite. Des étagères supportent des livres, des lithographies accrochées sur un pan de mur, d'autres posées sur une étagère. De grands voilages de lin ornent la porte-fenêtre.

– La salle de bains est par ici, me dit-il tout en traversant la pièce. Vous trouverez tout le nécessaire pour faire un brin de toilette si vous le souhaitez.

– Merci, c'est vraiment très…

– Inattendu ? me dit-il, finissant ma phrase.

– Euh oui, c'est comme si vous attendiez déjà quelqu'un.

Il rit légèrement.

– Je suis un homme prévoyant. Des amis arrivent parfois à l'improviste et je n'aime pas être pris au dépourvu pour les accueillir. De plus je suis souvent en déplacement comme je vous l'ai dit, et il n'est pas rare que mes invités arrivent avant même que je sois rentré. Voilà, c'est tout simple.

– Oui, et c'est très délicat de votre part. Je ne connais personne qui ait cette prévenance. Vous n'êtes pas ordinaire.

Il sourit de ce joli sourire en coin.

– Merci pour le compliment, me dit-il. Je vais vous laisser maintenant, vous devez être fatiguée. Je vous trouve un grand tee-shirt pour la nuit, désolé, mais je n'ai pas de chemise de nuit sous la main.

– Merci, ça sera parfait.

Tim sort de la pièce en laissant la porte ouverte. Il revient moins d'une minute plus tard avec dans la main de quoi me couvrir pour la nuit.

– Dès demain matin vous pourrez récupérer votre véhicule et rentrer chez vous.

– Merci beaucoup.

– Bonsoir Lila.

– Bonsoir, je réponds. Il prononce mon prénom en regardant dans les yeux avec un soupçon d'intensité particulière, ce qui provoque un affolement de mon rythme cardiaque. Je suis incapable d'ajouter autre chose.

La porte se referme et j'entends ses pas dans le long couloir, puis descendre l'escalier.

Je vais dans la salle de bains, où je trouve serviette et brosse à dents. Je prends une douche, et enfile le tee-shirt qu'il m'a posé sur le lit. Il sent la lavande. J'adore ce parfum, chez moi il y a des sachets de lavande partout dans mon linge, ce doux parfum de Provence se dégage de chaque pièce de tissu lorsqu'on les manipule.

Cet homme est d'une prévenance étrange. Ce genre d'attention n'est pas très masculine. Je sors de la salle de bains et ouvre le lit, le couvre-lit de soie était orné de motifs floraux dans des tons de gris. Une fois allongée je vois sur le guéridon en face du lit un petit vase avec des violettes. Il n'y a aucun de doute, les fleurs sont fraîches. Je ne l'ai pas vu déposer ce vase dans la chambre, quelqu'un d'autre aurait-il pu le faire ? Sans doute une personne chargée de s'occuper des lieux, c'est tellement propre et rangé que ça doit être le cas.

J'aime particulièrement ces fleurs, encore une étrangeté. Il doit y avoir des parterres entiers de violettes dans son jardin. Je les verrais sans doute demain en sortant au grand jour.

Je m'installe confortablement dans un coin du lit. Je n'entends rien à l'extérieur, il doit également être couché et dormir à présent. Il est presque une heure du matin et je suis éreintée.

Rêve ou réalité ?

Je me réveille deux heures plus tard, j'ai l'impression de ne pas avoir vraiment dormie ou d'un sommeil très léger. Je décide de me lever. Je ne porte que ce tee-shirt gris tout juste assez long pour dissimuler mes formes. Tout est calme, je sors de la chambre et descends l'escalier sans bruit, c'est étrange de se retrouver dans un lieu complètement inconnu.

Cette grande maison aux multiples pièces est sombre et claire à la fois. J'aime l'ambiance que je perçois avec ses meubles sobres et simples, le passage entre chaque espace est habillé de lourds rideaux de toile de Lin épais aux tons naturels, ils retombent sur le sol.

Une légère brise arrive par un fenestron resté ouvert et soulève les voilages d'une des baies, l'air est doux. La chambre de Tim doit être non loin de là, je ne l'ai pas entendu remonter à l'étage, je ne veux pas le réveiller. Sortir du lit et faire quelques pas sont devenues une habitude lorsque je ne dors pas, j'espère retrouver le sommeil ensuite, mais c'est d'autant plus difficile dans un lieu inconnu.

Je parcours la vaste salle de séjour. Une bibliothèque remplie de livres, quelques objets décoratifs contemporains, des fauteuils imposants, une grande table basse meublent l'espace. Je m'assois sur une marche au bas de l'escalier, ne voulant même pas utiliser une chaise pour ne pas être trop présente. Je me perds en rêveries, je suis bien là, dans la douceur de cette nuit éclairée par la pleine lune qui filtre à travers les persiennes.

Soudain je le sens tout près de moi, apparemment il ne dort pas plus que moi. Quelles sont ses pensées en me voyant ? Il les garde pour lui. Il prend place près de moi, me demande si tout va bien. Un peu timide, un peu gauche je lui réponds oui. Nous restons assis un moment, l'un près de l'autre sans rien dire de plus. On savoure la douceur de la nuit dans la pénombre nocturne qui estompe nos traits, on peut se regarder sans trop se voir et ne laisser paraître que ce qui se dégage de nous, c'est une ambiance mystérieuse. Je suis un peu troublée, mais je me sens bien, malgré une légère peur de l'inconnu.

Il se lève enfin, je pense qu'il va se recoucher, mais se ravise, se tourne vers moi, attend un instant et me tend la main, je pose la mienne dans la sienne et me redresse à mon tour. Je perçois la présence de tout son corps, il est là physiquement, mais pas seulement, la douceur irradie de tout son être. Je me sens en confiance, je n'ai plus peur. Son regard est rassurant et apaisant.

Il m'entraîne avec lui vers l'étage, je dois aller dormir, mais je suis inquiète de me retrouver seule dans cette nuit qui n'en finit pas. Il me raccompagne jusqu'à ma chambre. Sur le pas de la porte, il me voit hésiter. Il me précède comme s'il veut me montrer qu'il n'y a rien à craindre dans cette pièce. Je suis rassurée, mais je le regarde et il comprend, je crois, que j'ai envie qu'il reste encore un peu auprès de moi, je le dis avec les yeux. Finalement, il s'étend sur le lit, tout au bord pour ne pas me gêner sans doute. Après un temps d'hésitation, je me décide à le rejoindre, il m'y incite avec beaucoup de délicatesse, de douceur et m'inspire confiance. Je m'installe à l'autre bout du lit et me tourne légèrement vers lui, apaisée. Son regard, posé sur moi, est réconfortant, tendre et profond ; c'est un gouffre dans lequel je me perds, dans lequel il est bon de s'égarer. Il m'incite à me rapprocher de lui ouvrant son bras gauche et je viens m'y blottir. Sa main se referme sur mon dos, il caresse mes cheveux maintenant, ce simple geste m'apaise déjà. Son autre main prend la mienne qu'il pose sur son torse recouvert d'un tee-shirt.

À son contact, je ressens la chaleur de son corps. Je respire son odeur, douce, légère, un peu sucrée.

Ses gestes sont très tendres et rassurants, ses paroles plus encore. Je m'enivre de l'alchimie de ce moment, souhaitant ardemment qu'il ne s'arrête jamais.

Je me sens complètement apaisée maintenant et je me laisse glisser dans un profond sommeil réparateur.

✳✳✳

Le jour pénètre à travers les rideaux de ma chambre. J'ai dormi sans interruption depuis ma balade nocturne et les retrouvailles de Tim, je me retourne pour voir l'heure à ma montre, déjà 9 h !

Est-il possible de me réveiller si tard ? Il y a bien longtemps que je n'avais pas dormi sans coupure, sans être extirpée de ma nuit en nage ou avec un cri.

C'est très étrange, ces lieux m'apaisent, il y flotte une sorte d'élixir de guérison des âmes perdues comme la mienne.

Je reste un moment allongée, à contempler la danse des ombres des arbres jouant avec le soleil derrière les persiennes. J'ai toujours aimé ce type de volets, ça me rappelle la maison du vieux Nice où nous habitions quand j'étais petite, j'adorais les couleurs et la lumière de ces rues.

Je sors de ma léthargie me souvenant de libérer les lieux, même si je m'y sens bien, je dois tout de même rentrer chez moi.

Aucun bruit ne parvient à mes oreilles, la maison est grande et Tim se trouve sans doute au rez-de-chaussée.

Je ne l'ai pas entendu quitter ma chambre, est-il resté près de moi cette nuit ? ai-je rêvé ? C'est tellement incroyable d'avoir pu retrouver le sommeil ici, et de surcroît auprès d'un inconnu, j'ai toujours eu du mal à dormir avec quelqu'un, sauf peut-être avec Iris. J'ai l'impression que la personne dans le même lit que moi me vole un peu de mon intimité et cela m'indispose.

La plupart du temps lorsque j'avais une aventure je rentrais au milieu de la nuit pour me réfugier dans ma tanière, j'ai besoin de cette indépendance nocturne.

Je repense à Iris qui me rappelait que dans ces conditions je ne pourrais jamais rencontrer l'âme sœur. « Comment un homme voudrait-il faire un bout de chemin avec toi, me disait-elle, tu les fais fuir en agissant comme tu le fais ».

– Eh bien, c'est que ce n'est sans doute pas le bon.

– Mais ce ne sera jamais le bon si tu ne leur laisses pas une petite chance...

– Iris ! je ne veux pas me disputer avec toi, un jour ce sera le bon moment, j'en suis sûre, mais là je n'ai pas la tête à ça. Je souhaitais qu'elle me fiche la paix avec ce sujet.

– Tu n'as jamais la tête à ça, avait-elle dit pour en finir.

Je souris à ces pensées, tout me paraît si lointain maintenant... tout est tellement différent, je peux reconsidérer cela aujourd'hui avec la rencontre que je viens de faire. Je sens que c'est possible. Je me trouve si apaisée.

***

Je finis par sortir de ce lit, m'habille rapidement et descends au rez-de-chaussée. Rien ni personne.

Je parcours des yeux les espaces que j'ai à peine traversés la veille. Sans rien toucher, je regarde les livres, et les objets divers sur les étagères. Je ne veux pas être indiscrète.

Je trouve la cuisine au fond sur la gauche, ouverte sur le séjour. La pièce, mi-moderne mi-rustique est lumineuse et se dégage sur une terrasse surmontée d'une tonnelle envahie par une superbe glycine. Elle est complètement couverte de fleurs violettes, elle me fait penser à celle qui est dans notre maison de campagne dans le Luberon.

Une théière fumante est posée sur la table, accompagnée d'une tasse de fine porcelaine blanche. Un panier contenant des biscuits, des tranches de cake et des madeleines à côté.

Je regarde par la porte-fenêtre espérant voir Tim surgir du fond du jardin ou de je ne sais où, mais aucun bruit ne se fait entendre. Je décide de me servir du thé, et j'aperçois une carte sur laquelle mon prénom a été joliment calligraphié, elle est en appui contre un vase rempli de violettes, mes clés de voiture y sont aussi.

Je retourne le mot et découvre le message que Tim m'a laissé :

« *J'ai dû partir très tôt ce matin, votre véhicule est garé devant la maison.*

Ne vous souciez pas de la fermeture de la porte vous n'aurez qu'à la claquer en partant.

Prenez soin de vous.

Je vous embrasse.

Tim. »

La carte dans la main, je regarde vers le jardin, un peu déçut finalement, cela veut dire que je ne le verrais pas.

Il a dû partir peu de temps auparavant, le thé est encore très chaud, je l'ai donc manqué de peu, j'en suis d'autant plus contrariée.

J'aurais voulu le remercier de m'avoir hébergée, de m'avoir tenu compagnie, que sais-je...

La vérité c'est que j'aurais aimé le voir, un point c'est tout. Mon nouveau moi a besoin de voir cet homme, qui a su faire chavirer ce qui ne demandait qu'à chavirer. Tout est différent désormais, je le sens... J'ai envie d'être près de lui, de l'écouter me parler encore, de voir son sourire, ses yeux... quel sentiment étrange, et si doux ! J'aime bien la nouvelle personne que je suis.

Si Iris était là me dis-je, je pourrais lui faire part de ce que qui se passe à cet instant, elle serait heureuse que je puisse enfin connaître ce sentiment puissant... Je souris à cette pensée…

– Iris, dis-je à voix haute... comme pour l'appeler, comme pour qu'elle voie l'état dans lequel je suis.

***

Cela fait bien vingt minutes que je suis là à rêvasser... il est presque dix heures.

Je m'active pour quitter les lieux... je ne verrai pas Tim revenir de toute façon alors à quoi bon rester ? Je dois rentrer chez moi, ma voiture est devant la porte, tout est en ordre pour que je puisse repartir.

J'ai tout d'un coup l'impression d'être de trop, de devenir envahissante, je ne dois pas oublier qu'il m'a seulement hébergée pour la nuit. Sans cet arbre tombé, bloquant la sortie du parking je me serais réveillée chez moi ce matin.

Mais à quoi ai-je pensé ? Il a sa vie et une vie qui a l'air bien remplie en plus, certainement pas de place pour qui que ce soit.

Je chasse ces pensées qui s'infiltrent dans ma tête par je ne sais quel moyen, jamais au grand jamais je n'ai espéré une rencontre amoureuse, alors que m'arrive-t-il d'un coup ? Je dois recouvrer mes esprits.

Je termine mon thé en vitesse, lave ma tasse, ma seule idée maintenant est de filer sans tarder.

Je vais laisser un mot pour le remercier à mon tour, c'est la moindre des choses. Je trouve un bloc de feuilles sur le plan de travail, je m'en empare et réfléchi à ce que je peux bien écrire…

« Tim, merci pour votre hospitalité, à bientôt peut-être »

Non je ne peux écrire cela. Je recommence et me lance :

« Tim, comment pourrai-je vous remercier pour la voiture et pour votre hospitalité ? »

Non plus, cela sous-entend que je souhaite le revoir.

« Tim, Tim, Tim, Tim ... »

J'écris ce diminutif en continu... je m'en rends compte après l'avoir copié au moins dix fois. Je fais une boule de la feuille, la troisième.

Bon, un peu de sérieux.

« Merci pour votre hospitalité, pour ma voiture et pour le thé aussi.

Peut-être à une prochaine fois.

Lila »

Je pose le mot sur la table après l'avoir débarrassée de ma tasse et de la théière.

Je le contemple, je le trouve un peu... raide, un peu froid et impersonnel, mais je ne peux pas me permettre d'être trop familière, qu'en dirait-il ? Que pense-t-il de toute façon ? Je n'en ai pas la moindre idée et s'il y a quelque chose que je ne veux pas c'est paraître empressée, je suis pleine de retenues ! Peut-être trop me dis-je...

Mon sac sur l'épaule, je quitte les lieux moins d'un quart d'heure plus tard, il est pile dix heures.

Je ferme la porte en la claquant comme il me l'a signifié et descends les quelques marches.

Tout est étrange encore... ma voiture est garée devant la propriété, arrivée par l'opération du Saint-Esprit. Tim a dû se faire aider par le gérant du restaurant, ou était-ce lui-même qui l'avait apportée jusqu'ici ? Oui c'est sans doute ce qu'il s'est passé. Tim a du l'accompagné ou une autre personne...

Toutes ces réflexions bizarres m'envahissent, tout est si peu rationnel.

– Allez on s'en va, dis-je à voix haute, je parle à ma voiture... voilà que je deviens folle maintenant... il est temps que je reprenne ma vie là où je l'ai laissée.

Je monte dans l'habitacle, mets le moteur en marche et roule doucement en passant devant la propriété, j'entends le crissement des roues sur le petit gravier blanc qui recouvre l'aire de parking. Je m'avance dans l'allée. Le portail au bout du chemin est clos, et je me demande de quelle manière je vais pouvoir le franchir, mais avant même de finir d'y réfléchir il s'ouvre comme par enchantement. Étrange, mais suis-je vraiment surprise ? Je dépasse l'entrée, je fixe mon rétroviseur espérant y voir quelque chose... il ne se passe rien d'autre que la fermeture automatique de l'imposante porte.

Je stoppe la voiture pour de bon et me retourne franchement afin de me rendre compte si quelqu'un actionne la manœuvre, ne serait-ce qu'un lutin ! Je m'attends à tout, j'en souris.

Je reprends mes esprits, finalement, pourquoi chercher une explication ? Ce que j'ai vécu depuis hier soir est tellement fou que j'ai dû tomber dans une sorte d'espace-temps où tout peut arriver, cela me fait sourire à nouveau.

Je redémarre, dans mon rétroviseur le portail finit de se refermer sur les imposants piliers et deviennent de plus en plus petit. Le chemin de terre qui m'a amenée jusqu'ici la veille me paraît plus étroit, la propriété s'efface maintenant. Je retrouve une route goudronnée bordée d'arbres de hauteur moyenne. Ils sont plantés de part et d'autre de la chaussée, pour servir de haie, mais peut-être aussi pour guider les usagers sur cette route interminable.

Je devine plus de clarté au loin, le temps est doux même si les nuages assombrissent le ciel ne laissant que très peu de rayons de soleil les traverser. Tout en roulant, je regarde défiler les grandes prairies. Quel bonheur de vivre ici me dis-je, loin de l'agglomération bruyante et polluée qui est mon quotidien. Je suis une vraie citadine, je l'ai d'ailleurs toujours été, mais je reconnais que j'adore de plus en plus cette nature belle et franche, j'ai besoin de son énergie maintenant. Avant mon accident, lorsque le poids du travail se faisait sentir, c'est au milieu de la nature que je venais me réfugier.

Je descends un peu la vitre pour goûter à cet air déjà chargé de parfums printaniers. Que c'est doux... l'herbe est d'un vert franc et tendre, on devine les fleurs naissantes qui se bousculent pour jaillir de la terre... il ne manque que quelques vaches à ce tableau. Mais en voir ici serait incongru me dis-je.

Je m'arrêterai bien quelques minutes pour faire quelques pas dans cette immensité verte, mais non, il faut vraiment que je rentre. J'enclenche la troisième vitesse et repars de plus belle, essayant de m'extraire de mes rêveries. Tout en conduisant, je revois le déroulement du film depuis cette fin de soirée. Tim arrivant comme par enchantement, cet arbre tombé presque du ciel au milieu de la tempête. La nuit passée dans cette maison avec un presque inconnu, mon sommeil profond sans cauchemar. L'attention particulière de cet homme et bizarrement son absence ce matin, cela me fait songer à une fuite, je ne sais pas pourquoi, mais c'est ce que je pense.

Je me trouve maintenant sur une route que je connais bien, je n'ai plus besoin de réfléchir aux directions, machinalement j'avance jusqu'à mon appartement.

Retour à la réalité

Tout en me garant près de chez moi je me sens dispersée. J'ai analysé tout ce qui s'est passé depuis hier, beaucoup de ce que j'ai vécu m'est incompréhensible, mais je sais aussi que je n'ai jamais auparavant ressenti ces émotions avec cette rencontre. Cet homme est vraiment différent, mais l'est-il ou est-ce moi qui le trouve particulier ? Ces questions me hantent maintenant et je me dis que cela doit faire partie de ma nouvelle vie, celle de l'après, oui ça doit être ça ! Tout ce que je vis est très étrange. J'ai le sentiment que je suis purement et simplement en train de tomber amoureuse d'un presque inconnu... enfin c'est ce que je crois.

Tout ce que j'avais l'habitude de vivre ne serait plus désormais ? Je souris à cette réflexion. Ma vie était assez simple, donc je me vois bien dans une nouvelle peau, percevant différentes sensations, des émotions dont j'étais dépourvu avant. C'est comme si j'entamai une autre vie, je n'ai plus peur, j'ai l'impression que tout est possible.

Par contre, je n'arrive pas à chasser cet homme de mes pensées... Où se trouve-t-il maintenant ?

Peut-être ne le reverrai-je jamais... je bannis très vite cette idée de ma tête, après tout je l'ai bien vu hier soir alors que je ne l'imaginais même pas ! L'homme au regard si hypnotisant du vernissage de Valentine... les contes de fées existent-ils ?

***

Je pose mes clés, ouvre mon store, le soleil pénètre dans mon appartement. Des tas de feuilles à la sortie de mon fax jonchent le sol, mon répondeur clignote, quatre messages, annonce-t-il.

– Bienvenue chez moi ! dis-je tout haut.

Le fax est celui que j'ai attendu le vendredi soir, il concerne les modifications à apporter au projet qui occupe tout mon temps en ce moment. Je regarderai ça plus tard.

Je pose ma veste, mon sac et mets la bouilloire à chauffer. J'ouvre la baie vitrée pour laisser pénétrer un peu d'air frais dans cet appartement qui semble tout comme moi ankylosé par les dernières heures vécues.

Je me résigne à me rapprocher du répondeur une tasse de thé brûlant à la main. Le premier message est de ma mère, elle avait envie d'aller au cinéma voir un film, mais puisque je ne décroche pas elle se doute que je suis sortie avec des amis. Au moins elle a dû être contente de me savoir dehors.

Le deuxième vient de Charles, le commanditaire du projet, un bon client depuis de nombreuses années, je dois le rappeler afin que nous discutions des modifications à effectuer.

Le troisième est de Julia, elle prend de mes nouvelles et veut savoir si je suis bien rentrée, elle dit que de son côté elle a passé une nuit formidable... Je souris à l'idée de ce qu'elle veut dire par là.

Le quatrième a été enregistré moins de 10 minutes avant mon arrivée. C'est à nouveau Julia, son ton est plus inquiet, elle se demande où je suis, si je suis rentrée, elle a su par le reste du groupe que je parlais avec un homme quand ils partaient.

Bon, je l'appellerai dès que je serai sortie de la douche. Elle ne va pas me lâcher sinon. C'est un peu lassant parfois cette attitude surprotectrice de la part de mon entourage. Je sais que ceux qui sont près de moi s'inquiètent encore beaucoup, je devrais être contente plutôt, car c'est une belle preuve d'amour.

Par contre je n'ai pas du tout envie de relater les détails de la nuit dernière. Je suis mal à l'aise de devoir dire des mensonges, mais raconter l'histoire complètement insensée que j'ai vécue serait incongru. Elle me poserait trop questions en plus, et elle ne me croirait sans doute pas de toute façon, c'est trop fou comme histoire. J'ai de surcroît besoin d'analyser ce que je viens de vivre avant d'en parler. Inutile de laisser croire que j'ai une aventure, alors qu'il ne s'est rien passé, et que peut-être il n'y aura jamais rien. En y repensant, je me rends compte que je ne connais même pas le nom de famille de Tim, je sais juste où il habite. Je me demande d'ailleurs si je saurais y retourner. Je ne m'y risquerai pas, pas sans y être invitée. Je constate que je n'ai pas son numéro de portable, lui n'a pas le mien non plus.

Bon, mon pseudo conte de fées est peut-être déjà fini !

Il me faut sans tarder un bain de vapeur qui je l'espère me permettra de faire la coupure à partir de maintenant !

Je suis à peine sortie de la douche que le téléphone sonne, comme je n'ai pas rebranché le répondeur je suis bonne pour traverser l'appartement complètement trempée, j'attrape une serviette dans laquelle je m'enroule.

– Allô, Lila ?
– Ben oui c'est moi, bonjour Julia.
– Tu vas bien, t'es rentrée quand ?

– Eh bien hier soir, je mens… je m'en veux déjà, mais je ne peux pas lui dire que je suis arrivée que ce matin.

– Ah, mais tu n'as pas relevé tes messages, je m'inquiète figure-toi !

– Ah non, en fait je suis partie très tôt, je devais voir mon client autour d'un petit-déjeuner et…

– Autour d'un petit-déjeuner ? C'est bizarre comme rendez-vous d'affaires ça, dit-elle ironique.

– Non, pas du tout, il avait un avion à prendre et sera absent quelques jours… et puis je n'ai pas besoin de me justifier, lui dis-je. Oh là là je glisse dans une tromperie d'envergure que je n'apprécie pas, mais comment faire, elle m'a prise au dépourvu.

– Non, mais les garçons m'ont dit qu'ils t'avaient vue discuter avec un type hier soir, alors…

– Oui c'est exact, je l'ai rencontré cet hiver au vernissage de ma copine Valentine, on a juste échangé quelques mots.

Ça au moins c'est en partie vrai. On a juste bavardé jusqu'au bout de la nuit ce qui est un peu différent. Et que je ne le connaissais pas du tout lors du vernissage, on ne peut pas dire qu'un simple regard entre deux individus nous plaçait dans un cercle d'amis…

– Lila ?

– Oui, me sortant de ma torpeur.

– Tu vas bien ?

– Ben oui, pourquoi ?

– Je ne sais pas, je te sens un peu lointaine, veux-tu qu'on se voie ?

– Non, pas aujourd'hui, je dois finir ce truc en urgence. Je vais bien, c'est juste que j'ai dû me lever tôt ce matin, j'ai la tête dans le brouillard.

– Oui, je connais ça, moi ça m'arrive tout le temps et je n'ai pas besoin d'être matinale pour ça. Bon je te laisse, j'entends mon boss.

– Bisous Julia, à bientôt.

– À bientôt Lila.

Ouf, elle avait l'air de m'avoir crue, mais quelle horreur de lui avoir menti de la sorte, je m'en trouve mal à l'aise. D'un autre côté, comment faire avec une fille comme Julia, que j'adore soit dit en passant, mais qui est tout feu tout flamme. Elle ne m'aurait pas laissé tranquille avec cette histoire à dormir debout. Elle aurait voulu avoir tous les détails et j'aurais passé un temps infini au téléphone, elle aurait sans doute enchaîné avec un déjeuner, une après-midi de promenade au parc et pourquoi pas une dînette à la maison ! Non j'avais bien fait. Mais je me fais la promesse de tout lui avouer plus tard… enfin, peut-être. Je me trouve lasse d'un coup, comment pourrai-je le revoir ?

J'aurais apprécié tout savoir de lui et je me pose des milliers de questions à son sujet maintenant. Je me demande ce qu'il fait durant ses loisirs. Je sais qu'il est commissaire-priseur, il aime l'art et la peinture en particulier. Il a l'air de vivre seul dans cette immense demeure, avec sans doute quelqu'un pour l'aider, les lieux étaient parfaitement entretenus. Il voyage beaucoup aussi.

Je m'habille enfin complètement frigorifiée maintenant et le téléphone se remet à sonner avant que j'aie eu le temps de me coiffer.

– Allo !

– Bonjour Lila.

– Bonjour Charles.

– Lila, as-tu pu regarder les modifs que je t'ai envoyées hier soir ?

– Eh bien pas vraiment, je n'étais pas là et je ne suis rentrée que ce matin, mais je m'y affaire tout de suite…

– Très bien, il y a moins d'urgences, mais je voudrais quand même boucler à la fin de cette semaine.

– Aucun problème, je te rappelle si j'ai un souci.

– Très bien. Dis-moi, aurais-tu le temps pour autre chose ? J'ai un gros projet qui arrive.

– Oui bien sûr.

– Parfait, il faudra qu'on se voie alors, serais-tu libre à déjeuner, disons vendredi.

– Oui, c'est bon pour moi, je te remettrai les planches du projet Bakilian par la même occasion si je ne l'ai pas fait avant.

– C'est parfait. Alors à plus tard.

– Oui, à plus tard, je te rappelle si j'ai une question.

– Oui, n'hésite pas, je serai à mon bureau toute la journée.

– OK, bye.

Je n'ai plus qu'à laisser de côté mes douces pensées pour me mettre au travail, mon appartement toujours en désordre !

Je m'installe devant mes planches de dessins avec une cafetière pleine. Je ne lève la tête que lorsque le soleil commence à décliner, satisfaite d'avoir pu boucler les modifs attendues. Je me dégage de mon bureau, repousse mon fauteuil, et me redresse péniblement. Debout j'étire mes bras et me masse un peu le bas du dos, j'ébouriffe mes cheveux et, jette un coup d'œil vers mes planches finies et rangées, je décide de remettre au lendemain mon autre projet. J'en avais assez fait pour aujourd'hui et de toute façon je sens mes yeux brûler et picoter. Demain je me lèverai tôt et j'avancerai ce dossier pour le rendre en temps et en heure.

Mon appartement, même en désordre, prend une belle lumière avec le soleil couchant, des orangés dorés se reflètent sur les murs blancs. Je me sens bien, baignée dans cette douce lumière, j'ai envie d'un thé parfumé d'épices et d'un peu de repos.

Je m'installe dans mon grand fauteuil sur ma terrasse, les couleurs inondent mon corps et la chaleur du soleil m'apaise... je m'assoupis presque aussitôt et me plonge dans un rêve.

Quand j'avais 14 ans, et Iris 12, nous jouions autour de la maison que nous occupions alors avec nos parents. Iris voulait constamment jouer au Prince charmant qui vient délivrer sa belle tout en haut d'une tour où elle est retenue prisonnière. J'avais le rôle du Prince charmant et Iris de la jeune fille sauvée...

Iris se postait en haut d'un mur de pierre représentant une tour. J'arrivais juchée sur un balai servant de cheval. Un bâton dans la main droite, faisant de grands gestes et chassant le dragon cracheur de feu. Je réussissais toujours à me sortir de ses griffes pour délivrer ma belle qui attendait son Prince depuis au moins cent ans.

Les bruits de la rue et la fraîcheur du soir me réveillent... mon rêve est encore bien présent dans mon esprit et j'en souris...

Iris avait continué à croire aux belles histoires de prince charmant, elle seule l'avait rencontré... enfin jusqu'à ce jour tragique.

Et puis mes pensées reviennent vers Tim, avec lui je pourrai peut-être vivre ce conte de fées... Le Prince charmant, la belle retenue prisonnière...

Je me lève d'un bond et reprends aussitôt mes esprits en me traitant de folle à haute voix. « Tu n'as jamais cru aux contes de fées, ça ne va pas commencer aujourd'hui! » dis-je.

Le vide

Mes journées se remplissent de plus en plus d'un travail agréable, mais harassant, j'aurais bien aimé avoir un peu plus de temps pour moi. J'ai l'impression qu'en reprenant ma mon travail tout le passé s'estompe, enfin presque, comme si je mettais un coup de gomme sur tout ce que j'ai vécu entre mes deux vies. Ce n'est pourtant pas le cas, je sais bien qu'Iris n'est plus là. Je sais tout autant que j'ai passé des mois dans le coma, et ensuite des mois de convalescence pour finalement être dans la même vie. Mais bon, c'est normal de retrouver une vie professionnelle, et je devrais être contente et heureuse de pouvoir le vivre, tant de personnes ne sortent jamais du coma, tant de familles se détruisent à force d'espérer.

Lorsque je pense à cette période, je me demande si mon entourage a eu ce découragement. Cinq mois c'est long et ils auraient pu cesser d'attendre un signe de ma part, pourquoi ne leur ai-je jamais posé la question ? « Je le ferai quand je verrai ma mère », me dis-je.

Pourtant je ressens de la lassitude, une sensation que je ne connaissais pas autrefois, qui ne m'habitait jamais. J'avais des traits de caractère différents, que je n'ai plus aujourd'hui, comme la rigidité de mon esprit, l'habitude de me fixer des lignes directrices et de ne jamais m'en écarter. J'étais quelqu'un de très carré, toujours, il était très difficile de me faire changer d'avis, sauf Iris, qui arrivait à tout avec moi. Elle me manque tellement encore aujourd'hui. Malheureusement rien ni personne ne pourra jamais la remplacer, c'était terrible de perdre quelqu'un de si proche, nous étions si unies.

Je décide de poser mes feutres... je ne suis plus bonne à rien et j'ai besoin de me dégourdir les jambes.

J'enfile ma veste fourrée, prends mon bonnet, mon écharpe et mes gants, l'air est glacial dehors. J'irai à pied jusqu'au parc Borély, peu de gens s'y trouveront avec ce froid, les enfants sont à l'école, peut-être quelques mamans courageuses avec leurs landaus, et des propriétaires de chiens. Les joggeurs seront là et aussi les joggeuses, comme moi, autrefois ! Mais non, je n'ai plus envie de courir sans but. J'ai besoin de marcher maintenant, de flâner et de prendre le temps, oui c'est ça qu'il me faut, prendre le temps de prendre le temps. Désormais je laisse les minutes s'écouler doucement devant moi sans tenter de le retenir ou de les rattraper.

Je me félicite d'avoir trouvé pareille définition. Elle me ravit et je me promets d'en faire mon cheval de bataille. À partir d'aujourd'hui je m'octroierai des plages de temps à ne rien faire, quel bonheur, j'en suis enchantée. En fait je peux commencer tout de suite puisque je ne fais rien du tout à part marcher, regarder les oiseaux et les fleurs bien plantées dans le parc.

Mes pensées vont et viennent, les unes après les autres, aucune ne s'installe dans mon esprit, aucune ne m'indispose. Je me sens toutefois morose dans le fond avec un je ne sais quoi qui plombe l'humeur positive que je tentais de conserver. « Bon ce n'est pas grave, me dis-je, les jours se suivent et ne se ressemblent pas. »

Mon allure était lente, le petit vent qui souffle est vraiment très froid, mes mains gantées sont enfoncées dans mes poches, mon écharpe remontée sur mon nez. J'avance la tête baissée sur le chemin de terre qui contourne le parc. Le mouvement des canards dans la mare attire mon regard. Comment peuvent-ils ne pas être glacés dans une eau aussi gelée, c'est une question que je me pose à chaque fois que je les observe à cette époque, cela me fait sourire. Je nous revois avec Iris quasiment au même endroit, amusées devant l'agitation des anatidés dans l'eau. Ils semblent heureux, les petits suivent leur mère à la queue leu leu la tête haute, fiers de se trouver là, c'en est presque comique.

Non loin de là un homme âgé marche dans ma direction. Un grand pardessus recouvre presque totalement son corps, quelques mèches de cheveux d'un blanc cendré dépassent de son chapeau noir. Il s'arrête à la hauteur d'un banc ensoleillé près de la mare et s'assoit. D'un coup l'orientation des canards paraît changer de cap, ils se dirigent tous vers le vieil homme. Celui-ci tire un sac de sa poche et en sort des graines, qu'il commence à jeter devant lui. L'ensemble des canards alentour s'agglutinent autour de lui sans aucune crainte, certains sortent de l'eau pour se rapprocher. Bientôt ce sont les moineaux, les pigeons qui arrivent en masse comme pour compléter cette danse de volatiles.

J'ai interrompu ma promenade pour regarder la scène. Le vieil homme lève les yeux vers moi, me sourit et d'un geste de la main m'invite à m'asseoir près de lui. Je sens ce geste naturel et m'exécute sans hésitation, c'est de toute façon le seul banc baigné de soleil et l'endroit est agréable pour y rester un moment... à ne rien faire.

Son corps courbé en avant est celui d'un homme qui a vécu, il a un air heureux et son visage dégage une profonde sérénité. Il ne dit rien, ni à moi ni aux oiseaux, je ne trouve pas nécessaire de dire quoi que ce soit non plus.

Le vieil homme continue de lancer des graines. Les volatiles qui se sont éloignés lorsque je me suis approchée reviennent sans crainte poursuivre leurs repas. Les moineaux sont légers et virevoltent devant nous, les pigeons attrapent le plus de nourriture possible et les canards marchaient tranquillement au milieu de tout ce petit monde, essayant eux aussi de s'approprier le plus du butin. Ils accompagnent leurs déplacements de caquètements dans différentes sonorités. Le spectacle est de plus en plus agité et je suis hypnotisée par cette scène.

***

– Comment est votre vie ? J'entends tout d'un coup.

Sans bouger la tête, l'homme a prononcé ces mots très clairement et d'une voix très douce.

– Que dites-vous ? Je lui réponds.

– Comment est votre vie ? me répète-t-il de la même manière.

Il n'a pas levé le regard vers moi en me parlant, ses yeux restent rivés sur les oiseaux, son corps est n'a pas bougé, il continue à jeter de la nourriture.

– Pourquoi me posez-vous cette question ? Je lui demande.

Il sourit, sans me regarder, poursuit son activité.

Je me remets à suivre la danse des volatiles. La question du vieil homme est étrange. Après une bonne minute de silence, qui n'est ni longue ni pesante, je décide de lui parler.

– Eh bien je ne sais pas trop en fait.

– Oui, me dit-il, d'un oui qui semble être la suite de ma réponse, comme s'il savait que j'étais un peu perdue dans ma vie en ce moment, un oui qui se perd dans le vent.

– Puis-je à mon tour avoir la réponse à ma question ? Je lui demande.

Il se redresse légèrement. Il me regarde, ses yeux bleus clairs comme une eau de rivière sont profonds. Sa peau tannée par le temps et ses cheveux blancs brillent dans le soleil. Il a dû être un très bel homme, et j'ai l'impression que sa vie a été très heureuse aussi, à cause de la plénitude que j'ai entrevue sur son visage. C'est un très beau vieil homme.

– Sur votre front il est écrit que vous êtes un peu perdue en ce moment, me dit-il. Comme votre nez au milieu de votre visage, on ne voit que ça ! et il agrémente ses dires en posant son index sur ma glabelle.

– Ah bon ? Je lui dis, surprise par ce geste.

– Que comptez-vous faire pour changer cela ? me demande-t-il à nouveau.

Quelle drôle de question encore ! Mais pourquoi cet homme sorti de nulle part me pose-t-il ce genre de questions ? Il ne semble pas dérangé et je ne le ressens pas d'ailleurs, il paraît très lucide.

– C'est difficile, lui dis-je, je ne sais pas par où commencer et je ne sais pas quoi faire pour modifier cela.

– Vous devriez partir du début, me répond-il.

– Facile à dire, lui dis-je.

– Facile à faire, me rétorque-t-il.

– Eh bien en fait je trouve que ce n'est pas si simple, j'ai vécu des événements difficiles et je ne sais pas trop comment avancer désormais avec ce lourd passé.

– Il le faut bien pourtant, chacun doit vivre avec son passé.

– Oui, mais quelquefois les incidents sont vraiment très difficiles, et...

– Rien n'est insurmontable, me coupe-t-il.

– Vous avez toujours réponse à tout ? lui dis-je enfin un peu irritée.

– Non, le but n'est pas d'avoir réponse à tout.

– Alors ? Quel est le but ?

– Celui de suivre son chemin et trouver la sérénité.

Je baisse le visage, réfléchissant à ces dernières paroles.

– Les obstacles de la vie vous ont stoppés, malgré tout vous devez continuer à avancer. Tout n'est pas blanc ou noir dans la vie. Vous devez vous défaire du passé pour vivre, me dit-il en insistant sur les deux derniers mots.

– Et je devrais tout oublier ?

– Non, ne pas oublier, ranger.

– Comme dans un placard ?

– Oui comme dans un placard. Tournez la page et vivez ce que vous avez à vivre... maintenant !

– Ces paroles me plaisent en fin de compte, je reste silencieuse, ce que je viens d'entendre ricoche dans ma tête.

– Tout n'est pas si sombre ? me questionne-t-il.

– Non...

– Si vous ne le faites pas, les portes qui se présentent à vous se refermeront, et vous courrez le risque de ne plus les voir s'ouvrir à nouveau. N'y a-t-il pas de belles choses positives dans votre vie ?

– Si… sans aucun doute.

– Alors vous n'avez pas de temps à perdre, il vous faut prendre conscience de cela pour aller vers elles et les vivre pleinement, mettez toutes les chances de votre côté.

– Pourquoi me dites-vous tout cela ?

– Parce que vous en avez besoin.

Je me détends un peu à ces mots. Mon corps jusque-là tendu se relâche sur ce banc et je me rends compte que celui-ci est muni d'un dossier. Je m'y appuie. Je souris intérieurement puis extérieurement, légèrement, un peu de la même manière que lui avant cette discussion.

Il en fait de même.

– Ne soyez pas craintive, me dit-il en me regardant, je ne suis ni un sorcier ni un aliéné. Je connais juste la vie et je vois que vous avez besoin de quelques bonnes paroles aujourd'hui. Nos chemins ne se sont pas croisés par hasard.

Ce fameux hasard, celui qui me poursuit depuis des mois ! Je repense à ma rencontre avec Tim en entendant ce mot.

– Il n'existe pas d'ailleurs, dit-il

– Pardon ? De quoi parlez-vous ?

– Du hasard ! Le hasard n'existe pas !

– Ah oui, le hasard ! Comment ça ?

– Il n'y a ni coïncidence ni hasard dans la vie, les choses arrivent lorsqu'elles doivent arriver.

– Vous voulez dire que si par exemple vous rencontrez quelqu'un à plusieurs reprises à des endroits différents ce n'est pas par hasard ?

– Oui, et c'est le meilleur des exemples.

– Je suis dubitative.

– Oui… mais comment l'expliquez-vous alors ?

– La personne devait être là, à cet endroit précis, sans doute parce que vous aviez besoin de faire cette rencontre.

– C'est un peu simpliste comme explication.

– C'est pourtant la seule.

– Alors si je reprends mon exemple, comment expliquez-vous qu'ensuite les personnes ne se croisent plus ?

– De la même manière.

– Mais encore ?

– La personne rencontrée ne doit pas être là, car ce n'est pas le bon moment.

– Et pensez-vous qu'un jour ce sera le bon moment ?

– Ça dépend de vous.

Il s'adresse à moi, comme s'il savait que c'est de moi dont je parle, à quoi bon continuer avec cet exemple…

– Pouvez-vous être plus clair ?

– Les événements arrivent en fonction de vous, de votre position dans votre vie, il n'est pas rare que rien ne se passe alors que nous l'espérons de tout notre cœur. On ne construit pas quelque chose de solide sur des fondations trop fragiles, de la même manière qu'un homme malade ne pourrait pas faire un cent mètres. Apprenez à « être » dans votre vie, retrouvez-vous, remplissez-vous si vous êtes vide, souriez, aimez et la vie deviendra claire, fluide et facile. Alors à ce moment-là seulement les bonnes portes s'ouvriront et vous pourrez les franchir avec la foi et la confiance que vous aurez regagnée au fond de vous.

– Je passe un très long moment à assimiler ce que cet homme vient de me dire, ces paroles me semblent justes. Pourtant…

– Auriez-vous une explication sur le fait que quelqu'un puisse être à un cheveu de la mort et n'y parvienne pas, je veux dire que finalement la mort soit remise à plus tard ?

– Vous avez la réponse dans votre question.

– Je le regarde.

– Elle est remise à plus tard, ce n'est pas le bon moment. Cela veut dire entre autres que cette personne n'a sans doute pas fini sa route et que le chemin de sa vie est encore plein d'événements et d'expériences à vivre. Ce n'est pas le bon moment.

– Je deviens silencieuse et regarde à nouveau la valse des canards.

– Vous êtes pleine de sensibilité. Il ne vous manque que peu de choses pour démanteler tout ce qui reste incompris. Il semblerait que vous ayez vécu des événements qui ont aiguisé cette sensibilité et qu'aujourd'hui ce qui a pu être difficile à vivre et à surmonter vous apporte de la force pour être différente et bien mieux.

J'aime ses paroles, elles résonnent dans mon esprit sur la corde du juste, tout me paraît simple et clair, je me sens bien, apaisée et bizarrement plus du tout lasse.

L'homme dont je ne connais pas le nom se redresse lentement, relève le col de son manteau et fait un pas en avant, se tourne vers moi et lève son chapeau pour me saluer. Il me regarde plein de douceur, le visage souriant. Il ne dit aucun mot et se détourne de moi.

Je l'observe longuement s'éloigner, j'aurais pu lui demander si je le reverrais, mais je souris à l'idée de sa réponse. Il a quelque chose d'étrange, quelque chose qui me fait penser qu'il vient d'un autre monde.

✳✳✳

Mes pensées vont vers Tim. J'avais presque l'impression d'avoir rêvé toute cette histoire d'autant que ma rencontre date de presque un an, mais aujourd'hui c'est différent. Après les belles paroles de cet homme, je repense à lui intensément. Je me demande où il peut se trouver en ce moment, il n'est peut-être pas sur le territoire français. Se souvient-il de moi ? J'ai le fol espoir que oui. Je suis éprise de cet homme alors que je ne le connais presque pas, je sens une sorte de lien qui m'unit à lui, un peu magique, un peu cabalistique. Je n'ai jamais ressenti auparavant ces sentiments, jamais je ne me suis senti aussi bien avec un homme, sans parler de passer une nuit près de lui.

Retrouvailles

Qu'aime-t-il dans la vie à part la peinture ? Quels sont ses amis ? Pourraient-ils être les mêmes que les miens ? Apprécierait-il mes copines ? Et ma mère ? Je suis sûre qu'elle aimerait beaucoup Tim, mais je ne me risquerai pas à lui parler de cette rencontre : si je le fais elle sautera de joie, elle voudra le voir, tout savoir sur lui et fera des projets à long terme avant même que j'aie eu le temps de le connaître mieux. Non, je ne m'aventurerai pas de lui dire quoi que ce soit.

Et puis ce n'est pas une histoire, pour l'instant je n'ai fait que vivre une rencontre très spéciale avec un être peu singulier.

Quel étrange personnage, quel être subtil !

Je me réveille un matin avec toutes mes pensées tournées vers lui. Cela m'arrive de plus en plus ces temps-ci, alors que le temps s'est écoulé depuis cette fameuse nuit et qu'une future rencontre avec lui semble improbable.

J'ai passé une soirée avec Valentine la semaine précédente et je lui ai posé des questions sur Tim. Elle n'a aucun souvenir de lui et ne se rappelle pas avoir invité un commissaire-priseur à son vernissage portant ce prénom, pire il lui paraît bizarre qu'un tel personnage puisse avoir été là !

J'ai l'impression que le sol se dérobe sous mes pieds et que mon corps se couvre soudain d'une sorte de sueur glacée quand j'entends sa réponse, je n'en crois pas mes oreilles. Je n'insiste pas et la laisse changer de sujet, mais je suis ailleurs, je ne l'écoute pas vraiment et à plusieurs reprises elle me demande même si tout va bien.

« C'est idiot, j'ai gâché une bonne partie de cette soirée juste parce qu'elle n'a pas répondu à mes questions dans le sens que je l'espérais. Je ne peux rien faire maintenant, c'est trop tard. » Mais je me promets de l'appeler très vite pour lui proposer d'aller boire un verre un de ces jours, Valentine est une très chouette fille et j'aime vraiment sa compagnie.

J'ai traîné au lit, et maintenant que je vois les rayons du soleil passer à travers les trous de mon volet roulant j'ai envie de sortir, envie de marcher et de prendre le soleil. Nous vivons les premiers jours de douceur après un hiver glacial, nous avons même eu de la neige !

Je prends une douche, bois un thé en vitesse, j'ai maintenant une envie pressante de voir la mer et le soleil. J'enfile un jogging, des baskets, un blouson léger, emporte une écharpe au cas où le vent se lèverait et file dehors. Les rues sont plus désertes qu'à l'accoutumée, la Cité Radieuse du Corbusier a été nettoyée par la pluie de la nuit précédente et les couleurs des différentes terrasses semblent plus lumineuses. J'aime ce mélange de couleurs, je me sens bien ce matin et j'ai envie de croire en moi. Je me suis finalement rendu compte que la vie m'a fait ce cadeau d'un retour parmi les vivants alors que mon destin a été incertain à un moment donné. Je suis prête à aller jusqu'au bout pour voir ce que me réserve la suite.

Je marche d'un pas vif. Beaucoup de promeneurs se trouvent sur ma route maintenant, tous ont l'air d'avoir abandonné leur voiture pour se dérouiller les jambes. Je heureuse et les gens que je croise me sourient. Les jeunes enfants trottinent devant leurs parents, les chiens font des allers-retours multipliant les trajets au moins par trois.

Après quinze bonnes minutes de marche, je vois le David se dresser devant moi et la plage apparaît derrière lui. Je traverse la route en direction du bord de l'eau pour marcher près du rivage.

Plusieurs personnes se trouvent déjà là, il n'est pas très tard et le temps est tellement doux que tout Marseille semble être de sortie.

Tout en avançant je regarde un groupe de gens qui jouent au volley, en me rapprochant d'eux je me rends compte que certains visages ne me sont pas inconnus. C'est alors que je suis percutée par une fille qui se jette à mon cou, c'était Julia.

– Lila ! me crie-t-elle ! Je suis tellement heureuse de te voir !

– Eh bien moi aussi, lui dis-je.

– Je suis honteuse, je ne t'ai pas demandé de nouvelles depuis tout ce temps, me dit-elle sans tarder.

– Mais non tout va bien, tu sais je ne me suis pas ennuyée ces derniers mois.

– Oui ta mère m'a dit que tu bossais comme une folle.

– Oui, comme une folle. Tu as vu ma mère ?

– Oui, en coup de vent, mais ça fait déjà au moins deux semaines, elle ne t'a rien dit ? ajoute-t-elle un peu embêtée.

– Non, mais ce n'est pas grave, on s'est vu nous aussi en vitesse.

– Dis, tu restes un peu avec moi là, les garçons finissent leur partie ensuite on va déjeuner au bord de la plage, si tu n'as rien à faire tu te joins à nous ?

Cette phrase a plus l'air d'une affirmation que d'une question.

– Eh bien, je ne sais pas trop, je n'ai pas prévu de rester dehors si longtemps.

– Tu ne vas pas travailler par une si belle journée ? Et c'est samedi en plus !

C'est vrai que la journée est merveilleusement douce, le mois de mars est bien entamé et nous approchons du printemps à grands pas, le soleil est vraiment chaud et aucune brise maritime ne vient perturber l'atmosphère.

– Je ne suis même pas habillée, je tente de me défendre, mais j'ai déjà envie de rester avec elle plus longtemps.

– Pas grave, regarde, moi non plus, allez reste avec moi, comme ça je me ferai pardonner un peu de t'avoir tant délaissée.

– Oui tu as raison, surtout que je t'ai téléphoné plein de fois et que tu ne m'as même pas rappelée.

– Je suis trop vilaine, vraiment, mea-culpa.

Riant, elle me prend dans ses bras et m'attire vers le coin où elle s'était installée.

– Viens, j'ai plein de choses à te raconter.

Elle me parle de Stéphane avec qui elle est depuis plus d'un an maintenant, ce qui est presque incroyable pour Julia qui ne s'attache pas facilement, elle disait qu'elle se lassait vite, elle n'aimait pas les habitudes de couple.

Je souris, car je me rappelle bien de Stéphane, il fait partie du groupe de gens avec qui elle m'avait entraîné cette fameuse soirée. Elle était repartie avec lui toute guillerette, elle ne devait plus se souvenir que j'étais là lorsque son histoire a commencé, ça m'est égal, Julia est un peu tête en l'air de toute façon, j'ai juste envie d'être présente, d'écouter ce qu'elle veut bien me dire.

Elle me raconte que pour la première fois elle se sent être avec la bonne personne, elle me parle des attentions de Stéphane, sa douceur et sa gentillesse, pour elle, il est parfait.

– C'est vrai qu'il a l'air gentil, je lui dis.

– Oui il l'est vraiment. On a prévu de s'installer ensemble.

– Waouh c'est une première !

– Oui, tu te rends compte !

– C'est bien. Il faut savoir briser ses habitudes, le changement c'est bien.

Elle me regarde perplexe.

Je souris en passant mon bras autour de son épaule et continue.

– Oui c'est bien de changer ses habitudes. Il me semble que jamais au grand jamais tu ne voulais quitter ton chez toi pour t'embarquer dans une histoire où tu t'enfermerais avec un mec qui finirait par passer son temps au bar avec ses potes, à aller voir des matches de foot ou s'affalerait sur le canapé du salon six jours sur sept en regardant le petit écran et en sirotant une bière !

Elle se met à rire.

– Oui, ce sont effectivement mes paroles, me dit-elle en continuant à rire.

Je ris avec elle et nous prononçons en même temps : « Il n'y a que les cons qui ne changent pas d'avis ! »

Nous nous esclaffons encore plus, assises l'une près de l'autre sur la plage, des larmes de joie plein les yeux. Les garçons, qui arrivent à ce moment-là, nous trouvent en train de rire comme des folles.

– Eh bien les filles, j'espère que ce n'est pas notre façon de jouer qui vous fait rire comme ça, dit l'un deux.

Je reconnais bien sûr Stéphane qui vient vers Julia, et deux autres qui étaient présents lors de cette fameuse soirée. Julia me présente à ses amis.

– On se connaît, dit Stéphane.

Julie me regarde en me questionnant des yeux, mais elle a la réponse avant même de poser la question.

– Mais oui, dit-elle, on y est allé ensemble dans cette auberge au bout du monde.

– Oui, au bout du monde.

– Et nous aussi, reprend un autre, c'est Marc qui vient de s'exprimer.

– Et moi aussi je t'ai déjà vue, dit le troisième larron, Sébastien, cette fois.

– Eh bien, on dirait que tu connais tout le monde.

– On dirait bien, dis-je en souriant à Julia.

– C'est vrai qu'à l'époque je venais de vous rencontrer, dit-elle comme pour se justifier de n'avoir pas fait le rapprochement avec ma présence lors de cette « fameuse soirée ».

– C'était il y a un bout de temps maintenant tu sais, le temps passe vite.

– On va déjeuner ? Propose Stéphane.

– Avec joie ! répond Julia, Lila se joint à nous.

– Formidable ! dit Marc.

Et je pars bras dessus, bras dessous avec mon amie.

C'est pendant le déjeuner que Marc me demande si j'étais bien rentrée cette nuit-là.

Et Sébastien sans attendre ma réponse dit à son tour en s'adressant à Marc que je n'étais pas rentré tout de suite, car j'étais confortablement installée au bar et je parlais avec un homme plutôt charmant.

Je suis interloquée. Il m'avait vue bavarder avec Tim, j'en rougis, je n'ai pas l'habitude d'être épiée, maintenant tous les yeux se tournaient vers moi, Julia me regarde d'un air interrogatif, Marc paraît un peu déçu…

Je suis muette un instant, mon esprit se met à réfléchir à toute vitesse. Cela veut dire déjà que Tim n'est pas un fantôme, qu'il n'est pas le fruit de mon imagination, depuis ma discussion avec Valentine je me demandais si tout avait été vraiment réel, c'est idiot de penser ça, mais tout est tellement loin.

– Je croyais que vous étiez partis, je me défends.

– Eh bien non pas tout de suite, répond Sébastien un peu amusé de me voir écarlate.

– Mais tu ne m'as pas dit les choses comme ça petite cachottière, renchérit Julia.

– Eh bien peut-être parce qu'il n'y a rien à dire, je lui dis.

– Attends, attends, tu discutes avec un homme, confortablement installée, semble-t-il, se tournant vers Sébastien comme pour demander validation de ce qu'elle avance et tu me dis qu'il n'y a rien à raconter ?

– Je t'assure qu'il n'y a rien, vraiment, enfin presque rien.

– Ah, on y vient ?

– En fait ce n'était pas un inconnu, je l'avais croisé au vernissage de Valentine, je te l'ai déjà dit d'ailleurs, nous avons bavardé un moment.

– Et c'est tout ?

– Ben oui c'est tout.

– Et ensuite tu es rentrée ?

– Oui, dis-je en baissant les yeux.

– Mmmm, fait-elle, je suis sûre que tu me caches quelque chose.

Je la regarde l'air un peu gêné, elle s'approche de moi alors que les garçons parlent d'autre chose depuis un bon moment.

– Tu me raconteras ? me demande-t-elle en catimini.

– Oui, lui dis-je, mais ne t'attends pas à quelque chose de spectaculaire !

– On verra, on verra, dit-elle un peu ironique.

Je savoure ce déjeuner avec Julia et ses amis, ces instants sont de vrais moments de plaisir simple, de rires et de bonne humeur. Nous sommes installés dans un de ces petits restaurants au bord de la plage en direction de la Pointe Rouge.

Peu à peu je détache mon attention du groupe, dehors le soleil est chaud et le roulis des vagues est agréable à entendre. Bientôt arrive la saison des week-ends à la plage, je souris... était-ce cette perspective qui me fait sourire ou les pensées vers Tim ? Cet homme recommence à remplir mon esprit.

Un été en ville

La ville se dépeuple des habitués et se remplit de nouvelles têtes. Il est difficile de circuler en voiture au milieu des touristes piétons. Les klaxons se font assourdissants et être là à marcher au milieu de tous ces vacanciers est presque compliqué.

Malgré tout je reste sereine et j'opte pour prendre des rues moins passantes dès que l'occasion se présente. En temps normal j'aime aller de quartier en quartier. J'observe les atmosphères, les populations si différentes que sont : les branchés du cours Julien, le marché bruyant et odorant des Capucins près de la rue d'Aubagne, la large Canebière qui descend jusqu'au port. J'adore les abords du port de Marseille, j'y viens régulièrement prendre un café et je reste à flâner et à regarder les allées et venues des passants.

J'ai rendez-vous ce matin avec Valentine et j'ai pris cette fois un bus pour me rapprocher un peu. Je le quitte en haut de la Canebière sur le Boulevard Garibaldi et termine le trajet à pied pour rejoindre le café La Samaritaine où nous avons tendance de nous retrouver.

Comme elle n'est pas arrivée, je m'installe dans un coin de la terrasse ensoleillée, à l'écart de la circulation des serveurs et pas trop près du trottoir. Un bon endroit pour apprécier le va-et-vient de tout ce petit monde. Les échanges des habitués, leur accent marseillais, le parler cru et la voix particulièrement forte des vendeurs de poisson non loin. Les effluves de leurs étalages arrivent d'ailleurs jusqu'à mes narines, ça fait partie de la vie du vieux port de Marseille.

Je jette un regard aux alentours, les bateaux ancrés dans le port sont nombreux. Il y en a de toutes sortes et spécialement des gros en cette saison estivale. Les ferries affichent complet pour la visite du Frioul et les touristes patientent sur place pour pouvoir monter à bord, ne voulant pas perdre le moindre centimètre de file d'attente. La population estivale est concentrée ici, sur le port, la navette qui le traversait est comble aussi.

Je suis heureuse d'être là en spectatrice de tout ce tohu-bohu, habituellement je déserte la cité l'été, trop de monde. Mais bizarrement cette année c'est différent pour moi, j'ai vraiment envie d'être là. Même ma mère n'a pas réussi à me faire quitter la ville.

Chaque année nous nous retrouvons dans la maison familiale en plein Luberon. Elle n'est pas immense, mais suffisamment grande pour tous, et l'été avec sa vie en extérieur est encore plus facile à vivre. On pratique le plus possible le farniente autour de la piscine ou à l'ombre des pins avec un bon bouquin. Les cigales nous rappellent que les vacances sont bien là.

Je ne sais pas si un mélange de nostalgie et de souvenirs m'empêche d'y aller cette année, ou si j'ai besoin de rester en ville. Mais en y réfléchissant, je crois que j'ai surtout envie d'être au milieu de la vie et de mes amis. J'ai de plus en plus envie de mouvement et je m'en réjouis. Plusieurs événements sont organisés en plus cet été en ville et je veux y participer.

Ma mère m'a quand même fait promettre de venir au moins quelques jours au début du mois de juillet. Je tiens à être rentrée à Marseille vers le 10. Et le 14 nous avons cette sortie de prévue avec quelques amis pour profiter du feu d'artifice au large du port. Nous irons sur le bateau de Frank, le fiancé de Valentine. J'ai fait cette expérience petite avec mon père et ses copains et je me souviens d'avoir trouvé magique le reflet des lumières sur l'eau et la ville éclairée en arrière-plan. J'adore vraiment cette ville.

Soudain, Valentine arrive, éblouissante dans une robe légère et très colorée.

Sans même me laisser le temps de me lever, elle m'embrasse et me dit tout de suite que j'ai l'air bien pensive.

– Oui, dis-je, je songe à notre soirée du 14 juillet et tu parais à cet instant précis.

– Ça va être super, me dit-elle, on va se régaler.

– J'en suis certaine. Tu sais s'il y aura beaucoup de monde ?

– Eh bien à part nous trois, quelques amis de Franck, et aussi ma copine Sandrine. Elle est toute seule, je lui ai dit de se joindre à nous, je ne sais pas si tu l'as rencontré.

– N'est-ce pas la grande rouquine qui était à ton vernissage ?

– Oui c'est elle.

– En fait je ne la connais pas, mais j'ai compris qu'elle était ton amie en la voyant près de toi. Ce dont je me souviens surtout c'est qu'elle est superbe et que tous les regards se tournent vers elle lorsqu'elle se déplace.

– Oui, c'est vrai qu'elle est très belle, mais elle n'est pas de ces filles qui sont simplement magnifiques, elle est également très cultivée et ne manque pas d'intelligence. Par contre elle est un peu entre-deux en ce moment et c'est aussi pour cette raison que je lui ai dit de se joindre à nous.

– Tu as très bien fait et ce qui me ravit c'est que nous ne serons pas les seules filles comme c'est souvent le cas.

– Oui, dit Valentine en riant. Je ne sais pas pourquoi ils sont tous célibataires ces garçons, elle me regarde du coin de l'œil.

– Ne commence pas avec ça, lui dis-je, voyant où s'engage la discussion.

– Ok ok ok, ajoute-t-elle, toujours en riant.

Nous entamons une longue conversation après avoir commandé deux cafés. Elle me parle de ses nouveaux contacts pour de futures expositions, de ses travaux en cours. Elle a une vie très riche de rencontres et l'été est propice à ce genre de relations.

***

Les quelques jours passés dans le Luberon me font beaucoup de bien. Être avec ma mère plus longtemps que quelques heures. Arpenter les marchés provençaux pleins de couleurs et de senteurs. Prendre un café dans un magnifique village, ne rien faire près de la piscine, lire ou s'endormir sur un transat. Cette maison est un vrai havre de paix. J'aime la compagnie de ma mère. Je l'ai senti un peu déçue de ne pas pouvoir me garder plus près d'elle que ces quelques jours. Mais j'ai un dîner entre amis au Cours Julien le soir même et la sortie du 14 juillet que je ne veux pas rater.

***

Je suis heureuse d'avoir retrouvé mon appartement malgré la chaleur et d'avoir quitté le Luberon. Le travail avance au ralenti jusqu'à s'arrêter quasiment complètement durant le mois d'août ; c'est comme ça chaque année.

J'ai une journée à perdre, je décide d'aller à Cassis. Je vais aller me baigner dans les calanques et je reviendrais en fin d'après-midi. Il y a un coin où nous allions régulièrement avec Iris et d'autres amis. J'y retrouverais peut-être certains d'entre eux et même s'il n'y a personne, mon bouquin me tiendra compagnie et je risque de m'assoupir un peu aussi.

Cassis est loin d'être dépeuplé, mais c'est surtout sur la plage que le monde affloue. L'endroit où je vais est connu uniquement des habitués et du coup quasi désertique. De plus l'accès à la baignade est difficile pour les jeunes enfants et les familles nombreuses, ils sont mieux sur le sable. Aujourd'hui, je n'ai pas forcément envie de ce type de compagnie. Pourtant j'aime les enfants, et voir ces familles entières me ravit de plus en plus, mais là j'ai besoin de calme, et lire serait compliqué au milieu des cris des tout-petits.

Je passe devant la plage et me dirige vers le versant de la colline au milieu de vastes demeures pour la plupart secondaires. Par chance je trouve une place non loin du sentier d'accès aux calanques où j'ai l'habitude d'aller. Il n'y a pour l'instant personne de ma connaissance. Je m'installe près de la falaise, en retrait de la descente dans l'eau. Je remarque un couple un peu plus loin et deux jeunes femmes qui ont l'air de se raconter leur dernière soirée festive vu leurs rires et leur excitation.

Je fais un signe de la tête et leur adresse un sourire.

La pierre blanche reflète la lumière très vive de cette journée ensoleillée. Ici tout est plus beau : le blanc des rochers, le bleu intense de l'eau, le vert des arbres. Le soleil donne aux couleurs plus d'intensité, de pureté, et je me sens heureuse d'être là au beau milieu de toute cette beauté. La nature est devenue mon salut. J'ai toujours aimé m'y plonger, mais j'y trouve désormais une paix profonde, une ressource pour mon âme, une vitalité pour mon corps. Je suis à ma place et j'ai l'impression qu'elle inonde tout mon être, me lave de mon passé. Je me demande si autre chose pourrait m'apporter plus que cela, plus de respect que cette nature simple, pleine et gratuite.

Le château d'If

15 juillet. Je me réveille tôt ce matin-là même si je me suis couchée assez tard. Je ne dors plus, et j'ai envie de sortir, d'aller flâner dans la fraîcheur du matin. Autrefois, j'aurais sans aucun doute enfilé mes baskets et mon short et je serais allée courir au parc Borély, mais cette activité ne fait vraiment plus partie de ma vie. Cela me surprend toujours un peu.

Aujourd'hui j'ai seulement le désir de marcher et de ne rien faire de particulier.

Je quitte mon lit rapidement, prends quand même le temps de me faire un thé que je savoure sur ma terrasse. Le ciel est gris, l'ambiance semble presque orageuse, je mets un pantalon, un sweat-shirt, et j'emporte même un k-way.

***

Le calme dans la ville est déstabilisant, c'est inhabituel. Marseille est à l'accoutumée si grouillante de monde, de piétons, de voitures, de motos. Mais il est très tôt, particulièrement pour une balade et de surcroît le lendemain du 14 juillet. La cité dort encore, d'autant que le temps paraît de plus en plus maussade.

Je marche sans trop savoir où je vais. Je m'engage le long de l'avenue du Prado en direction du centre-ville. J'irais peut-être jusqu'au vieux port prendre un café, oui c'est ce que je vais faire.

Je n'accélère pas le pas, j'ai vraiment envie de profiter de chaque détail de cette ville qui semble en apnée. Tout en marchant, je me remémore des moments de la veille et notre sortie dans la baie pour contempler le feu d'artifice. C'était une belle soirée. Nous avons beaucoup ri et Sandrine, que je ne connaissais pas vraiment, est une fille très chouette, j'ai pris son numéro de téléphone et elle le mien et nous nous sommes promis de nous revoir rapidement. En plus j'ai appris qu'elle est décoratrice d'intérieur associée à une architecte. Elles ont ouvert leur agence deux ans plus tôt dans le centre-ville et chacune a apporté sa clientèle, ce qui leur permet de faire tourner le cabinet assez correctement. Elle m'a laissé entendre qu'une paysagiste serait la bienvenue à leur collaboration ; elles ont de la demande dans ce domaine et pourquoi pas un trio, m'a-t-elle dit.

J'étais particulièrement à l'aise dans mes discussions avec elle, tout était fluide, j'ai eu l'impression de la connaître depuis toujours tellement nos conversations étaient naturelles. Vraiment j'ai beaucoup aimé nos échanges et je me réjouis de bientôt la revoir. Je l'appellerais sans doute dans la semaine pour un déjeuner ensemble.

Valentine a passé une bonne partie de la soirée dans les bras de Franck. Ils sont très unis et elle avait en plus une raison valable de s'y blottir, elle était partie sans prendre de gilet. L'air de la mer est souvent plus frais en pleine nuit. Depuis quelques jours la température baisse un peu, et maintenant le ciel est encore plus sombre.

Hier soir à l'approche des îles du Frioul j'ai fixé mon regard sur la petite île du château d'If. Elle était complètement noire dans le peu de lumière de la nuit, j'essayais de distinguer un mouvement, un signe de vie. Pourquoi ai-je eu cette attirance ?

Sans doute à cause de mes souvenirs d'enfance. Nous venions souvent au château d'If quand nous étions enfants avec mes parents, ma sœur et moi, c'était notre sortie préférée. Iris profitait de la présence du château pour me refaire le scénario du chevalier qui vient délivrer sa princesse enfermée dans la plus haute tour. Ce souvenir me fait sourire et me pince aussi le cœur, je m'en veux presque aujourd'hui d'avoir râlé parce qu'elle m'obligeait à jouer le rôle du chevalier. À cette époque, je n'aimais pas les contes de fées.

Maintenant c'est un peu différent, ce n'est pas que j'aime particulièrement les romances à l'eau de rose, mais j'entrevois que les histoires comme celle qu'Iris décrivait pourraient être réalisables, une belle romance. Je ne suis pourtant pas attristée de n'avoir dans mon entourage aucun signe d'une potentielle histoire de ce type, et plus de rencontre opportune de Tim. Parfois je me demande si nos chemins se croiseront à nouveau. Que peut-il faire ? Je pense à lui de temps à autre et je me dis que si je dois le revoir un jour ça arrivera au moment où je m'y attends le moins, comme les précédentes fois. Donc, à quoi bon me marteler l'esprit. J'ai repris le cours de ma vie avec ses petites embûches et ses nouveautés, mes amis anciens et d'autres. Mon goût du farniente qui est vraiment une belle découverte. J'ai le sentiment de me rapprocher de plus en plus des choses simples, de la nature surtout, mais aussi des gens, j'ai des échanges avec de parfaits inconnus et je trouve cela enrichissant. Je me remplis lorsque je prends le temps de discuter avec quelqu'un, de donner un sourire, de ressentir les éléments autour de moi, chaque détail a une ampleur nouvelle dans tout mon être.

La tête pleine de ces réflexions, j'arrive sur le vieux port, désert à cette heure. Il est vraiment très tôt.

La Samaritaine ouvre tout juste. Je me dirige vers la terrasse qui n'est pas encore complètement installée.

– Vous êtes bien matinale ma petite dame, me dit l'unique serveur.

– Oui, je réponds, j'avais envie de profiter de la ville sans trop de touristes.

– Ah ben c'est le bon jour, me dit-il ironique, avec le temps qu'il fait on ne va pas en voir beaucoup.

– Ouais c'est pas terrible pour les affaires.

– C'est pas très grave, franchement ça va pas nous faire du mal un peu de calme, c'est moi qui vous le dis.

Je lui souris, je sais cet endroit très prisé aussi bien par les locaux que par les touristes.

– Bon, et bien désolée, je suis quand même là pour vous embêter ce matin, lui dis-je moqueuse.

– Vous ne m'embêtez pas du tout et l'avantage c'est que vous allez être servie tout de suite.

Je lui commande un thé finalement. Le café sera peut-être pour plus tard, c'est vrai qu'être servi ici rapidement est un petit privilège, la place est tellement chargée habituellement qu'il faut souvent attendre un bon bout de temps avant d'espérer être servi.

Je reste un moment là à savourer le calme du vieux port. Les bateaux de pêche rentrent à peine et seuls les restaurateurs sont présents pour profiter du meilleur choix.

Plus loin je vois la première navette des îles qui arrive entre au port. Je décide de quitter le café pour m'avancer vers le lieu où le port est en train de s'animer par ses pêcheurs et la rotation de la navette du Frioul principalement. Je m'approche maintenant vers cette navette et croise le regard du second qui s'affaire sur le pont pour amarrer l'embarcation. Ayant terminé son ouvrage il me fait un signe de la main m'incitant à venir. Je ne suis pas plus surprise que cela et me dirige vers lui avec un sourire franc.

– Alors mademoiselle, vous êtes bien matinale !

– Oui, lui dis-je, j'aime me lever tôt.

– Et bien moi si je pouvais un peu dormir le matin, croyez-moi, j'y serais encore.

– Je souris.

– Une petite balade au Frioul ça vous tente ?

– Eh bien, je ne sais pas trop... lui dis-je.

– Allez montez, je sens que vous n'avez pas grand-chose à faire pour les heures à venir et aujourd'hui c'est gratuit pour vous, me dit-il avec son accent bien marseillais agrémenté d'un grand geste de la main.

– Ah bon, mais en quel honneur serait-ce gratuit pour moi ?

– Je sais pas, je n'ai pas vraiment de raison, ça m'est venu comme ça, et puis vous n'avez pas une tête de touriste, et si on peut pas se faire un petit plaisir entre marseillais.

– Oui, effectivement je ne suis pas une touriste, alors je suis d'accord, en plus ça fait un moment que j'ai envie de voir de plus près le château d'If.

– Ah ben voilà ! J'ai lu dans vos pensées, me dit-il tout sourire avec encore plus de gestes.

– Sans aucun doute, je lui réponds ironiquement.

– Allez-vous installer à l'avant ce sont les meilleures places, mademoiselle, me dit-il.

– Merci, dis-je en grimpant à bord.

La traversée est tranquille même si la mer est légèrement agitée, mes pensées vont et viennent entre la soirée de la veille et mon passé, mes parents, mon travail, ma sœur, Tim. Il semble que cette traversée est une sorte de parenthèse dans laquelle je laisse défiler ma vie, les bons moments, les moins bons.

Bizarrement je me trouve bien et un peu nostalgique aussi, c'est étrange. Je sens le regard sur moi de celui qui m'a invité à monter à bord, il parait me surveiller, je lui souris une fois ou deux.

La navette file directement vers la grande île du Frioul. J'ai oublié qu'il n'y avait pas forcement d'arrêt pour le château d'If, j'en suis déçue, mais je décide d'aller aussitôt m'informer.

Je m'approche du second, il se retourne vers moi avant même que j'aie pu ouvrir la bouche.

– Vous auriez aimé vous arrêter au château d'If, n'est-ce pas ?

– Eh bien, votre question est étrange, je pensais justement à ce château. J'y venais quand j'étais petite et je croyais que vous feriez un stop…

– Oh oui quand vous étiez petite, reprend-il avec un large sourire.

– Vous ne vous y arrêtez pas ce matin ?

– Oh si, mais pas à chaque trajet.

– Ah !

– Vous semblez déçue.

– Non non, ce n'est pas grave, je reviendrai une autre fois, à quelle heure est la navette qui y va ?

– La prochaine est à 9h30 au départ de Marseille, donc dans un peu moins de 1 heure

– Ah… Très bien.

– Vous savez, il n'y aura sans doute personne au départ du Frioul tout à l'heure, et si c'est le cas on peut faire une petite pause et vous déposer au château d'If si vous y tenez.

– Mais non ce n'est pas la peine, je reviendrai une autre fois ou plus tard.

– Allons mademoiselle, cela ne nous ennuie pas.

Le capitaine à la barre n'a pas vraiment suivi notre conversation et a l'air d'attendre d'en savoir plus.

– Oh Ber' ça te dérange si on pose la demoiselle au château d'If ? lui crie-t-il pour couvrir le bruit des moteurs, s'il n'y a personne qui monte au Frioul bien sûr, continue-t-il.

– Sans parler, le capitaine fait un signe d'acquiescement agrémenté d'un large sourire dans ma direction.

– Ça me gêne, vraiment… dis-je auprès du second.

– Eh bien vous serez bien la seule mademoiselle, allez allez, retournez-vous asseoir, on est presque arrivé et écoutez, si quelqu'un vient dans la navette nous rentrerons directement à Marseille, dans ce cas vous aurez tout intérêt à rester sur l'île un moment et vous balader un peu. Si personne ne monte, vous demeurez à bord et on vous dépose au château d'If, ça vous va comme ça ?

– Oui ça me va, c'est vraiment trop gentil de votre part.

Quelle situation hors du commun, j'ai l'impression de ne plus être dans la normalité, ça ne se passe pas ce genre de chose d'habitude !

Nous arrivons quelques minutes plus tard, les quelques passagers descendent, le temps ne s'est pas levé, le couple de petits vieux est sans doute venu pour se promener.

Moi je reste là sans trop savoir si je dois débarquer ou pas, pour l'instant je suis assise.

Les deux hommes s'activent autour du bateau et semblent m'avoir oubliée. L'heure du retour approche et personne n'a l'air de se présenter. Au moment où les moteurs se mettent en route, un individu quelque peu farfelu arrive en pressant le pas. Il s'entretient avec l'homme avec qui j'ai conversé un bon moment et il repart comme il était venu.

Je reste donc seule à bord. Après que le bateau ait quitté le port le second m'adresse un clin d'œil et un pouce levé en guise de victoire, je lui souris et lui fais un signe de la main à mon tour.

Je suis satisfaite finalement. Mon idée au départ était de revoir ce château et du coup j'allais m'y trouver d'ici peu.

Un doute surgit dans mon esprit, je risque d'y rester un bon moment suivant l'heure de la prochaine navette.

***

Je laisse à nouveau mon esprit divaguer dans les méandres de mes souvenirs et je suis dérangée par le brusque changement de régime du moteur, nous sommes sur le point d'accoster sur l'île du château d'If.

– Vous y êtes mademoiselle, on vous débarque et on repart aussitôt pour ne pas perdre trop de temps.

– Oui oui bien sûr, merci mille fois.

Je descends du bateau en vitesse pour ne pas les retarder et avant même que j'aie eu le temps de me retourner ils remettent les machines à plein régime et ils manœuvrent déjà.

Je voulais leur demander à quelle heure passerait la prochaine navette, mais le bruit des moteurs était tel qu'il couvrait ma voix.

L'homme me fait un signe et un grand sourire, je suis stupéfaite de ce que je viens de vivre. Je fais à mon tour un signe de la main et aussi un grand sourire. À quoi bon de toute façon, je suis en définitive à l'endroit où j'avais envie d'être. Je rentrerais à Marseille tôt ou tard et puis je n'ai rien d'autre à faire aujourd'hui. Je suis dans un état un peu étrange. Être ici en solitaire est particulier et sans doute la meilleure chose pour moi, une sorte de retour en arrière pour panser certaines plaies encore.

Rencontre

Le temps n'a pas l'air de s'assombrir, mais ne se dégage pas pour autant. J'ai mis des baskets ce matin, j'étais bien inspirée. Je gravis le flanc de la colline sur laquelle est juché le château. J'y arrive rapidement. Je me trouve maintenant devant ce mastodonte et mes souvenirs d'enfance reprennent place dans mon esprit, intacts. Je le contourne pour aller voir la fameuse tour sur laquelle Iris s'imaginait grimper. Je revois son visage d'enfant et je ne peux empêcher mes larmes de couler, ça fait bien longtemps que je n'ai pas pleuré sa perte. Je m'agenouille là où je me trouvais enfant, mes mains sur mon visage, je laisse venir les sanglots. Une fois cette rivière de larmes déversée, je reprends mes esprits rapidement, contrairement au passé où j'avais du mal à me sortir de cet état léthargique, j'ai cette fois l'impression d'avoir vidé un seau plein d'eau marécageuse, de souvenirs lourds à porter. Mon visage est trempé, mais ces larmes semblent avoir eu le pouvoir de laver mon intérieur.

Je me redresse un peu péniblement et marche tout autour du château. Je profite du calme profond et désertique pour prendre le temps. Je m'imprègne des lieux. Je me sens bien ici. Je m'avance sur un petit monticule et choisis un endroit pour m'asseoir face à la mer, je regarde vers le large. Au bout d'un long moment, je décide de m'allonger. L'herbe est parfaitement sèche et le sol est chaud contrairement à l'air autour de moi encore un peu frais. Je ferme les yeux et respire l'air maritime, j'écoute le roulis des vagues, le cri des mouettes. Mes pensées ne s'accrochent à rien de particulier. Je profite de ce temps de replis, du calme après la tempête dans mon coeur. Je sens que le lourd passé avant le retour à ma nouvelle vie est en train de s'effilocher, de se dissoudre dans mon esprit comme le sel se fond dans la mer.

***

J'ouvre les yeux tout à coup. Je me suis assoupie sans m'en rendre compte. Le calme a laissé place à quelques voix éloignées, je me redresse rapidement, je ne veux pas être surprise par le monde.

La première navette a dû arriver sur l'île, car je vois au loin une famille avec de jeunes enfants qui courent partout, le bruit des vagues couvre leurs rires lointains.

Je me remets sur mes pieds et reprends ma marche lente. Mon regard se dirige à nouveau vers la mer devant moi, je vois quelqu'un un peu plus loin, un homme, me semble-t-il, assis à une centaine de mètres. Il n'a pas l'air de bouger. Ce doit être un pêcheur, pour rester si stoïque. Je le regarde longtemps, il ne se retourne pas, il parait attentif, mais à quoi ?

Au bout d'un certain temps d'immobilité la curiosité me gagne, je me dis que peut-être je pourrai faire un brin de conversation puisqu'il semble seul comme moi, qui sait, je me sens franchement bien maintenant. Je décide de m'approcher de cette personne.

Je fais un détour pour ne pas me présenter dans son dos, ce qui me semble correct. Au fur et à mesure que je m'avance, j'ai l'impression de reconnaître la corpulence de l'individu. Alors que je me trouve à environ une quinzaine de mètres, il se tourne légèrement vers moi. À cet instant précis, je stoppe ma progression, constatant qu'il s'agit de Tim. Il me fait un sourire, puis se redresse en douceur et vient naturellement vers moi.

Une fois en face de moi il m'embrasse sur la joue et me dit :

– Ça fait un moment que je t'attends Lila.

Je n'émets aucun son, je le regarde avec stupeur. Que se passe-t-il ? Comment peut-il se trouver là en même temps que moi ?

– Viens je vais t'expliquer, me dit-il.

Il prend ma main et m'emmène là où il se trouvait juste avant que je ne m'approche de lui. Il m'invite à m'asseoir, tout près de moi, nos épaules se touchent.

Nous restons un sans bouger, à contempler les vagues. Je perçois le calme, la sérénité qui émane de lui. Il est stoïque, il ne dit rien, je sens qu'il attend le bon moment.

Je n'ai pas brisé ce silence, je ne sais pas quoi dire pour l'instant, mais j'aurai mille questions lui poser. Je sais qu'il va m'expliquer puisqu'il vient de me le signifier, je sais aussi qu'il ne va pas disparaître comme la précédente fois. Il est là, tout près de moi, j'ai confiance et je me sens bien à cet instant, juste bien.

C'est pourtant purement incroyable de le trouver ici, d'un autre côté il s'est passé des choses tellement étranges lorsque j'étais en sa présence. Pourquoi cela changerait-il aujourd'hui ? Je souris tout en continuant à contempler les vagues et en sentant la chaleur de son corps contre le mien.

Tim bouge imperceptiblement, se détache un peu de moi pour me regarder, il me sourit.

Il prend une respiration et je sais qu'il va commencer à me parler.

– Lila, je crois que j'ai envie que l'on se tutoie, cela ne te dérange pas ?
– Non, au contraire…

Avant que je n'aille plus loin, il enchaîne.

– Ce que je vais te raconter est une histoire assez invraisemblable.
– Je m'attends un peu à tout, je crois.

Je me doute que ce qu'il va me dire sera étrange. Je vais essayer de ne pas l'interrompre pour lui laisser toute la place, pour l'instant il ne m'a encore rien dit. J'ai hâte d'entendre son histoire.

– Ce que je suis sur le point de te raconter est du domaine de l'irrationnel et beaucoup me prendraient pour un fou.
– Je ne suis pas inquiète, j'ai vécu des choses insensées en ta présence, et avec les épreuves compliquées que j'ai traversées ces derniers mois et je crois que je peux tout entendre.
– Oui, et je connais tes épreuves…
– Tu connais mes épreuves ? Comment est-ce possible ?
– Je sais ce qui t'est arrivé, je sais pour ton coma… et même ce que tu as vécu avant.

Il me regarde d'un air un peu scrutateur, histoire de voir comment j'encaisse ce qu'il me révèle.

– Que sais-tu exactement ?

– Je sais que tu es restée dans le coma plusieurs mois à la suite d'un accident, je suis au courant pour Iris, ta sœur...

– Tu sais pour Iris ?

– Veux-tu que je continue mon récit ?

– Oui bien sûr.

– J'ai surtout à te parler d'une partie de toi que tu ignores. Je ne veux pas parler de ta vie avant ton accident et je ne tiens pas à te faire revivre cet épisode douloureux. Ce que j'ai à te dire nous concerne.

– Nous concerne ? Comment ça ?

– En fait nous nous connaissons, c'est grosso modo le plus important, me dit-il en souriant.

– Eh bien c'est un peu léger comme information, lui dis-je en riant cette fois. Je sais bien que nous nous connaissons, je sais même que nos entrevues ont été brèves, étranges et tu t'es volatilisé pendant un bon moment...

– Oui et j'en suis désolé, mais c'était nécessaire...

– Ok, ok, ne veux-tu pas en venir au fait ? Parce que je suis perdue, tout est incompréhensible pour l'instant.

– Oui, j'y viens. Que connais-tu des vies antérieures ?

– Euh pas grand-chose, mais j'y suis sensible, et bizarrement c'est une croyance qui me semble moins loufoque depuis mon retour à la vie.

– Oui c'est normal, parce que dans le coma il est possible de se connecter à nos vies antérieures.

– Il m'est arrivé de faire certains rêves que je ne faisais pas avant mon accident.

– Ça peut être un reste de ce que tu as revécu durant ta période de coma. Te rappelles-tu avoir été accompagnée ?

– Comment ça accompagné ?

– Te souviens-tu si quelqu'un était près de toi durant ton coma ? Quelqu'un de spécial, quelqu'un de pas vraiment réel.

Je le regarde, incrédule. C'est étrange parce que cette information ne me semble pas si incongrue maintenant qu'il m'en parle.

– Tu te souviens de quelque chose ?

– En fait, oui, c'est bizarre. Dans mes rêves, je vois quelqu'un au-dessus de mon lit, une personne qui se veut être une sorte de soigneur, mais je sais qu'elle ne fait pas partie du milieu médical dans lequel je me trouve.

– Tu penses à un homme ? Ou une femme ? As-tu des souvenirs de cette personne, ou d'autres détails ?

– J'ai tendance à penser qu'il s'agissait d'un homme, et j'ai même la réminiscence d'un prénom.

– Quel était-il ?

– J'ai envie de dire Philippe, mais peut-être une contraction du prénom comme Philip ou Phil.

Tim regarde en face de lui vers les vagues tout en me questionnant, et même si je ne vois pas franchement son visage je sais qu'il semble satisfait de ma réponse.

– Te souviens-tu de ce qu'il te disait ?

– Pas vraiment, mais il se voulait rassurant, toujours. J'avais l'impression qu'il était une sorte d'ange près de mon lit. C'est peut-être quelqu'un de ma famille, j'ai cru comprendre que les êtres chers qui ont disparu peuvent se manifester autour de nous.

– Oui c'est vrai, y avait-il un Philippe dans tes ancêtres ?

– Mon arrière-grand-père. On l'appelait Eugène, c'était son deuxième prénom. À l'époque, je ne sais pour quelle raison, ils nommaient les enfants nés garçons par leur deuxième prénom.

Tim regarde toujours vers la mer, il sourit encore, suis-je en train de donner les bonnes réponses ?

– Bizarre tout de même que, se faisant appeler Eugène toute sa vie, il se soit manifesté près de toi sous le prénom de Philippe, tu ne trouves pas ?

– Tu marques un point. Donc c'est peut-être quelqu'un d'autre ?

– C'est possible, mais laissons ce point de côté pour l'instant.

– Je veux bien apprendre la suite maintenant.

– Je t'ai parlé des vies antérieures et je te disais que nous nous connaissions…

– Oui c'est ce que tu as dit.

– En fait, nous nous connaissons depuis longtemps, très longtemps.

– Tu veux dire que nous nous connaissions dans d'autres vies ?

– Oui, c'est ce que je veux dire.

– Et tu es en train de me dire, si je te suis bien, que tu connais ces vies antérieures ?

– Oui, c'est le cas.

– Comment est-ce possible ?

– C'est que... là d'où je viens, ces informations sont accessibles.

Je prends un peu de recul, l'homme qui est assis à côté de moi est-il en train de me dire qu'il vient d'un autre monde ?

– Je vais être plus explicite, mais je vais d'abord te dire comment nous nous connaissions, ça sera plus ludique pour l'heure.

– D'accord, je veux bien.

– Dans différentes vies nous avons été amants ou mariés.

Cette information fait naître un sourire sur mon visage malgré moi.

– Oui ça me plaît aussi, me dit-il.

Je n'ai rien dit et il ne peut voir mon visage caché par mes cheveux, comment peut-il voir mon sourire.

– Tu penses si fort que je t'entends.

– Tu veux dire que tu es télépathe ?

– Un peu oui.

– Je crois que je ne suis pas au bout de mes surprises.

– En effet, tu en es loin.

– Comment se fait-il que nous ne nous soyons pas rencontrés plus tôt dans cette vie ? Je veux dire avant mon accident, j'ai entendu dire que les gens se retrouvaient d'une vie à l'autre ?

– C'est exact. Dans notre cas nous nous sommes perdus depuis notre dernière vie ensemble et c'est pour cela que tu ne croyais pas en l'amour. Tu ne te sentais pas du tout concernée par une histoire d'amour à vivre.

– C'est vrai.

– Jusqu'à ce que j'aie eu accès à ces informations, je ne comprenais pas moi-même.

– Tu as compris ce qui nous avait éloignés ?

Tim me sourit, mais d'un sourire plus mélancolique, comme s'il revivait une souffrance. J'ai un peu peur de ce qu'il va me révéler maintenant. J'attends un petit moment avant de lui demander :

– Qu'est-ce qui a fait que nous nous soyons perdus ?

– Un suicide.

– Je me suis suicidée ?

– Nous nous sommes suicidés !

– Comment ça ?

– Par amour, nous avons pris la décision de nous suicider, car nos familles étaient rivales et nous ne pouvions vivre notre amour.

– Comme Roméo et Juliette.

– Oui, si tu veux.

– Comment sommes-nous morts ?

– Nous avons sauté dans le vide du sommet d'une falaise.

Je reste sans voix. Iris s'est jetée d'un pont…

– Oui, il y a des similitudes, me dit-il ayant entendu mes pensées.

– C'est horrible.

– À l'époque ça ne l'était pas tant que ça, je veux dire que la mort n'était jamais très loin, entre les maladies et les guerres.

– Oui c'est bien probable. Et ensuite ?

– Ensuite nous n'avons pas réussi à nous retrouver. Je pense que la violence de ce que nous avions décidé était si importante que nous étions comme asphyxiés par ce passé.

– Et dans les vies précédentes celle-là, étaient-elles belles ?

– Oui très belles. Nous étions toujours très amoureux, très unis.

Il se rapproche de moi, passe son bras autour de mes épaules, m'enserre en peu.

– Lila, je t'ai retrouvée dans cette vie et je ne veux pas te perdre maintenant.

Il prend ma main et embrasse ma paume. Je me tourne vers lui et c'est avec des larmes dans les yeux que je le regarde. Il me sourit, essuie une goutte d'eau salée qui roule sur ma joue et attire mon menton vers son visage. Il me donne un baiser chaud et doux. Puis il met sa main sur ma tempe pour poser ma tête contre son épaule.

– Pourquoi maintenant ? je lui demande.

– Parce que tu es prête. Tu as réussi ton retour à la vie avec brio et aujourd'hui tu peux vivre ta vraie vie, celle que tu aurais dû vivre depuis le début.

– Il fallait la perte de ma sœur pour y arriver ?

– Non, ce n'est pas inévitable, mais dans ton cas un peu. Il fallait une catastrophe pour envoyer des électrochocs dans ton esprit et te faire réaliser que ta vie ne devait pas s'arrêter là, que ce n'était pas ta vraie vie.

Je tourne la tête à nouveau vers la mer, je n'ai plus besoin d'explication pour le moment, j'ai un peu de vague à l'âme et être contre lui me réconforte. Au bout d'un long moment, il bouge.

– Viens nous allons marcher un peu, me dit-il.

Me dégourdir les jambes me fera du bien maintenant. Nous marchons tranquillement tout autour de cette île, main dans la main, nous stoppons de temps à autre pour regarder les vagues qui s'écrasent sur les rochers.

Tout en avançant, il me dit que nous avons à vivre notre vie maintenant en nous retrouver comme pour une première fois. Nous devons apprendre à nous connaître, ou plutôt nous reconnaître.

– Que sais-tu de ce Philippe qui était près de moi, le connais-tu ? je me risque à demander.

– Oui on peut dire ça comme ça, me répond-il.

– Comment ça ?

– Eh bien… je suis un être un peu particulier moi aussi.

– Oui je m'en suis rendu compte, mais tu vis dans ce monde bien réel alors que ce n'était pas le cas de Philippe.

– C'est vrai, mais c'est compliqué de tout t'expliquer, ne sois pas trop inquiète ou trop pressée, je te raconterai bientôt la suite.

– Oui j'aimerais bien. J'aimerais tout savoir maintenant.

– C'est promis, tu sauras tout. Nous allons rentrer, il se fait tard et je pense que tu dois commencer à être fatiguée.

C'est la fin de l'après-midi, nous avons passé toute la journée ici, je ne me suis pas rendu compte du temps écoulé.

Nous revenons à Marseille avec la toute dernière navette. L'équipage est différent de celui de ce matin. Il était tellement étrange aussi cet équipage, que je me demande maintenant s'il n'était pas dans le coup.

Tim tient à ce que je me repose, il me ramène chez moi directement. Je n'ai rien avalé de la journée et son récit m'a effectivement chamboulée, je suis épuisée. Il me propose de me téléphoner vers midi le lendemain. Si je suis d'accord, il viendra me chercher dans l'après-midi. Il me dit que je dois absolument dormir et que je dois me coucher sur le champ. Je n'insiste pas et ne lui propose même pas de découvrir mon appartement.

Je veux lui dire tout de suite que je suis d'accord, mais il pose un doigt sur ma bouche pour m'empêcher de dire quoi que ce soit. La nuit sera peut-être révélatrice de la folie qui s'est immiscée dans ma vie, me dit-il. Je lui répondrai plus sereinement après une bonne nuit de sommeil. Il me regarde intensément. Il est tout près de moi et c'est tout naturellement qu'il ôte son doigt de ma bouche pour y poser ses lèvres chaudes encore et douces.

Descendant de sa voiture, il m'ouvre la porte et me raccompagne jusqu'à l'entrée, un bras autour de ma taille, l'air de me soutenir un peu. Devant mon entrée il me prend dans ses bras, attirant ma tête contre son épaule, nous restons ainsi quelques minutes.

Il me regarde encore et me dit qu'il veut être sûr d'être la personne que j'ai envie de revoir. Je dois me reposer maintenant.

***

Mon appartement est dans le noir. J'allume quelques lampes, me fait chauffer de l'eau pour une tisane, et après avoir pris une douche bien chaude je me glisse dans les draps. Je me sens bien. Quelle étrange journée encore, quelle intensité. Je suis heureuse, tellement heureuse, et pour la première fois je suis sûre de revoir bientôt Tim.

Je m'endors presque aussitôt pour une longue nuit douce et reposante. Je suis arrachée à mes rêves par le téléphone... Ma mère me propose de venir passer le week-end avec elle dans le Luberon.

– Qu'est-ce que tu dirais de revenir à la campagne pour ces quelques jours ma chérie ? elle me demande.

– Ça me plairait maman, mais j'ai d'autres projets. Je pense à Tim et mon esprit s'envole vers lui.

Ma mère me parle, mais je n'entends pas ce qu'elle me dit.

– Lila ?

– Oui maman ! ?

– As-tu entendu ce que je viens de te dire ?

– Euh, oui, enfin non, désolée j'étais ailleurs.

– Oui je m'en suis rendu compte. Je peux presque dire que tu as l'attitude d'une femme amoureuse... dit-elle un peu amusée.

Je me rebiffe.

– Qu'est-ce qui te fait dire ça ?

– Ta manière d'être, tu ne m'écoutes pas, tu es distraite, tu es différente...

– Ah bon ?

– Oui.

– Si tu le dis...

– Lila ma chérie, c'est le plus grand bonheur que tu pourrais me faire aujourd'hui, rencontrer quelqu'un avec qui tu pourrais partager ta vie...

Holà, voilà qu'elle s'emporte trop vite à mon gout.

– Oui, écoute maman, laisse-moi un peu vivre certains événements à mon rythme. Ensuite je te parlerai de certaines choses, ok ?

– Oui, oui, ok, répète-t-elle amusée.

Je souris. Je ne vois pas comment les choses ne peuvent pas évoluer dans le bon sens maintenant.

Découverte

Tim m'annonce qu'il viendra me chercher en fin d'après-midi, il m'a téléphoné vers midi comme prévu. On a parlé longuement. Il m'a dit qu'il me raconterait toute l'histoire au fil du temps, mais qu'il prendrait un peu de temps pour que je puisse digérer les informations posément et ne pas être trop perdue, ni trop éprouvée ou même risquer de partir en courant a-t-il rajouté en riant. Il n'y a pas de danger, j'aime déjà cet homme j'en suis sûre. En est-il aussi certain que moi ?

Il vient me chercher dans un coupé sport, nous roulons sans parler vraiment. Une musique douce et classique fredonne dans l'habitacle.

Nous arrivons à la propriété égale à mes souvenirs. Nous avons pris par une tout autre route que celle que j'avais empruntée en repartant la dernière et unique fois de chez lui. Nous sommes passés par Cassis cette fois où nous avons fait une pause dîner sur le port. Nous avons bavardé de futilités sans grande importance, comme deux êtres qui se découvrent.

***

L'imposant portail se déploie comme par enchantement, il faudra que je lui demande comment cela fonctionne. Il me regarde et sourit légèrement. A-t-il entendu cette pensée ?

L'allée est éclairée de petites lanternes qu'on ne voit pas en plein jour. Il stoppe devant la maison et cette fois encore il descend de la voiture pour venir ouvrir ma portière, prend ma main et m'aide à m'extirper de mon siège. Il m'invite à entrer, la porte se déverrouille sans que je l'aie vu mettre la moindre clé.

Il me suggère de déposer mes affaires dans le séjour et me propose un verre. J'opte pour de l'eau pétillante que je bois tout en parcourant son immense bibliothèque. Le calme se fait, c'est la fin de la soirée, la nuit s'avance déjà.

Je sens son regard dans mon dos. Je sais ce regard doux, chaud et perçant au point de me traverser de part en part.

Je n'ai rien à dire et je n'ai pas envie de parler. Je suis paralysée d'un coup, un peu inquiète aussi : je ne risque pas ma vie bien sûr, mais j'ai cette peur de l'inconnu, de ce qui va se passer... et s'il s'était trompé ? Et si je n'étais pas celle qu'il croit ? Et si cet amour qui nous a unis durant toutes ces vies n'existe tout simplement plus aujourd'hui ?

Non, il me l'a clairement dit. Et puis je suis là, c'est la meilleure des preuves.

Je sais que tout mon être est attiré par lui. Chacun de mes pores me le dit, chacun de mes organes me le fait savoir. Rien de ce que je ressens tout près de lui n'est anodin, insignifiant. Tout au contraire, chaque geste, chaque regard, chaque mouvement de sa part se répercute en moi comme une décharge électrique, une décharge douce et enivrante.

Je reste figée devant une statuette de bronze. J'aurais voulu lui demander ce qu'elle représente, d'où elle vient lorsque je le sens bouger dans mon dos à l'autre bout de la pièce, je perçois le déplacement de son corps se diriger vers moi.

Je me tais en fin de compte. Il se rapproche de plus en plus maintenant.

– Tout va bien ? me demande-t-il.

– Oui, je balbutie.

– Es-tu sûre de vouloir aller plus loin ?

Je le suis, absolument. Ma gorge est nouée. Mon ventre abrite une cargaison de papillons qui s'agite graduellement depuis son appel de midi. Mes mains tremblent alors qu'il fait au moins 25 degrés et je ne peux articuler deux mots de plus, ma bouche est complètement sèche malgré mon verre. Mon cœur bat à en faire éclater ma cage thoracique. Je sais bien sûr ce qui m'arrive, mais est-il possible de perdre à ce point le contrôle de son corps ? J'ai l'impression que je vais exploser si je continue de vivre cela.

– Lila, tout va bien ? me demande-t-il à nouveau un peu inquiet.

– Je vais bien, oui, c'est juste que...

– Oui...

– C'est tellement étrange, tellement...

– Intense ?

– Oui, c'est ça, exactement ça, dis-je, interloquée par sa clairvoyance.

– C'est comme ça que je l'ai ressenti aussi. Ce que tu vis, je l'ai éprouvé bien avant que tu aies conscience de mon existence.

Je le regarde à nouveau et lui en veux presque d'avoir vécu tout cela avant moi. Comment a-t-il pu attendre tout ce temps dans l'ombre ? Aurais-je pu rester comme lui sans rien faire ou dire, sans même laisser transpirer quoi que ce soit ? En faisant exprès de rester loin ? Et si je n'avais pas repris une vie normale ? Et si j'avais sombré dans la déprime, que se serait-il passé ? Comment ne pas devenir fou à patienter, à espérer ?

– Je ne sais pas comment tu as fait.

– Je devais rester en retrait le temps que tu reprennes vie pour de vrai, que tu te reconstruises. Ensuite, il me fallait attendre que tu te découvres, toi et ta nouvelle personnalité.

Tout en me parlant, il m'entraîne vers une méridienne qui se trouve juste à côté de nous proche de l'immense bibliothèque.

– Ai-je vraiment changé de personnalité ?

– Oui et non, tu es la même Lila qu'avant ton accident, mais dans ton cœur il y a plus de sensibilité, plus d'émotion.

Je pense aux sentiments nouveaux que je ressens près de lui, ces sentiments que je n'ai jamais eus avant.

– C'est tout de même toi qui as provoqué nos rencontres ?

– Disons que j'étais au même endroit que toi, la première fois lors de ce vernissage.

– La seconde aussi.

– Oui aussi, me dit-il en souriant.

– Cela veut-il dire que tu n'as pas vraiment suscité ces retrouvailles ? Que tu étais juste là aux mêmes endroits que moi ?

– C'est un peu ça. Je me suis trouvé sur ta route, s'il n'y avait pas eu de changement chez toi tu ne m'aurais sans doute pas remarqué.

– Donc la rencontre vient de moi ?

– Oui, on peut le dire.

– Et si je n'étais pas venu ?

– Il y aurait eu d'autres occasions, ça aurait été plus long.

– J'étais donc prête à te voir ce soir-là ?

– Oui et non encore une fois. Tu t'es posé des questions après, tu as eu des doutes sur mon existence.

– Tu sais cela?

– Oui je sais, je connais l'évolution qu'il y a eu en toi.

– Mais ensuite ? Lorsque je suis venue sur l'île du Frioul, je ne te cherchais pas ce jour-là ?

– Non, comme dans ce restaurant, tu étais toi.

– Oui, je me sentais tellement bien. Je t'ai dit que je m'étais endormie devant le château du Frioul ?

– Non, tu ne me l'avais pas dit, mais je le savais.

– Bien sûr.

Un silence se fait. Je regarde Tim. Il plonge ses yeux dans les miens sans rien dire de plus. Il se rapproche de moi. Mon cœur se remet à battre plus fort, je peux l'entendre, il doit l'entendre lui aussi. Il prend ma main. Il la contemple et joue de ses doigts entre les miens.

– Tu as de jolies mains, j'aime leur équilibre, elles sont douces, elles vont bien avec les miennes, regarde, me dit-il souriant.

Tout en suivant la danse que fait nos doigts il y joint son autre main, la porte jusqu'à sa bouche et l'a baise tendrement.

Il m'observe à nouveau, de ses yeux enivrants et doux, tellement intense que je ne peux les soutenir très longtemps, je baisse mon regard. Il m'attire contre lui, son corps est chaud. Je pose ma tête sur son torse et je peux respirer le doux parfum de sa peau.

Sentant mon léger déséquilibre, il resserre son bras autour de moi.

Je me colle contre lui. Vais-je me réveiller et me rendre compte que ce n'est qu'un rêve ? J'aimerais dire à Iris qu'elle avait raison, que je comprends maintenant tout ce qu'elle a tenté de m'expliquer durant toutes ces années ? Jamais je n'ai voulu l'entendre. Je la trouvais idiote lorsqu'elle me parlait de l'amour qu'elle vivait avec Jérôme. Les mots, les expressions qu'elle utilisait, cet amour que pourtant je voyais, je ne le saisissais pas.

J'aurais tant aimé pouvoir lui dire combien je regrette de l'avoir trouvée idiote, combien elle avait raison et combien j'avais tort. Moi aussi désormais contre toute attente je peux vivre exactement ce qu'elle avait vécu. Combien je regrette ! Mes larmes coulent à flots discontinus maintenant.

– Tu peux le lui dire tu sais, me dit-il, il a entendu mes pensées.

Je suis encore un peu décontenancée de son pouvoir de télépathe.

– Tu sais à quoi je pensais ?
– Oui, la tristesse, le regret sont tellement intenses parfois chez toi que je peux les ressentir au point de presque les entendre. De plus je connais ton histoire avec ta sœur, tu vois, je ne suis pas vraiment extra-lucide.

– Et tu... entends autre chose aussi ?... Je veux dire sur d'autres sujets ?

– Non, rassure-toi, dit-il en riant. Souvent lorsqu'il y a quelque chose de fort comme la tristesse, elle est grande chez toi. Tout ce qui fait partie du présent ou du futur m'est inconnu.

Je lui souris, je préfère ça effectivement, je serais très mal à l'aise s'il pouvait lire toutes mes pensées.

Le temps s'écoule à une vitesse folle. J'aimerais rester des heures à l'écouter, à lui parler, le regarder ou simplement être à ses côtés. La nuit avance à grands pas et il a proposé de faire une longue balade le lendemain dans la montagne, une promenade réparatrice il a dit.

– Il faut aller dormir maintenant, dit-il simplement, il se fait tard et demain j'ai besoin que tu sois en forme.

– Oui bien sûr, lui dis-je. Vas-tu m'installer dans la même chambre que la dernière fois ?

– Oui pourquoi ? Elle ne te plaît pas ?

– Si beaucoup, mais je me demandais si j'allais dormir avec toi cette fois ?

– Comme la dernière fois, me répond-il d'un air amusé.

Nous montons l'étage. Il ne peut voir mon visage tout le temps et j'en profite pour aller plus loin dans mes interrogations.

– Oui, effectivement. Je voulais dire dans ta chambre en fait, enfin cette fois.

Nous arrivons devant la pièce où j'avais dormi, il ouvre la porte. Elle est semblable à mes souvenirs.

– Eh bien ça tombe bien parce que c'est la mienne.
– Tu veux dire que tu m'avais fait dormir dans ta chambre cette fameuse nuit ?
– Oui.
– Pourquoi donc ? J'imagine que tu en as de nombreuses de disponibles.
– Oui, mais toi c'était différent. Je devais être sûr encore une fois que tu dormirais bien ici, que tu te sentirais bien, c'était une sorte de test encore.
– Je n'avais pas très bien dormi, il me semble.
– Au début non, mais ensuite oui, me dit-il souriant.
– C'est vrai. Je me souviens que j'ai été très surprise à mon réveil de me rendre compte que j'avais si bien dormi, sans faire de cauchemar en plus.

Nous sommes à l'intérieur de la chambre. Les lampes de chevet éclairent les abords du lit, la lumière est douce.

– Tu trouveras une chemise de nuit dans la salle de bains Lila, me dit-il.
– Merci.

La salle de bains aussi identique à mon souvenir, un petit bouquet de roses posé là embaume l'espace. C'est doux. La chemise de nuit de coton est simple et ornée de broderies anglaises. Je n'imaginais pas porter une tenue affriolante et je suis satisfaite de son choix. Après avoir pris une douche chaude, je me brosse les dents et enfile le vêtement, la toile de coton glisse sur ma peau, fraîche et confortable, elle tombe bien vu que j'ai oublié d'en prendre une avec moi.

Je sors enfin de la salle de bains. Tim est étendu dans le lit, feuilletant un magazine, ne se tournant pas vers moi par respect pour ma pudeur sans doute, ce que j'apprécie. Je me trouve timide dans ma tenue plus légère. La lumière parait plus douce. Je m'assois au bord du lit, ouvre les draps et m'étends à côté de lui.

Tim pose son magazine, se tourne vers moi délicatement, il me sourit. Il ouvre un bras et je me rapproche de lui. Je viens me blottir contre son torse. Sa peau est chaude, douce, et son parfum particulièrement agréable, j'aurais voulu m'en remplir les poumons pour le reste de la nuit, pour le reste de ma vie.

Il embrasse mes cheveux, resserre son bras autour de moi. Ma main posée sur son torse, je suis parfaitement bien, je me sens à ma place près de lui, je me sens chez moi.

– Dors maintenant, Lila, me dit-il.

Il éteint les lumières. Les rayons de la pleine lune filtrent à travers les persiennes, je me laisse bercer par le mouvement de sa main dans mes cheveux et bientôt je sombre dans un profond sommeil.

Je rêve que je suis petite fille. Nous sommes dans un champ d'herbes et de fleurs avec Iris, nous tentons d'attraper des papillons avec des épuisettes que nous avons trouvés dans la remise à côté de la maison ; par chance pour eux nous n'y parvenons pas. Nous courons ensemble, croquant la vie à pleines dents. Quelle insouciance à cette époque, quelle joie de vivre ! Nous nous dirigeons vers le sommet de la colline toujours en galopant. Des clochettes au loin nous ont attirées et maintenant nous sommes au milieu d'un troupeau de brebis. Les chiens alentour filent dans tous les sens pour ramener les indisciplinées au centre du groupe, les petits sont près de leurs mères et nous tentons de les approcher sans y parvenir. Regarde c'est Léon, me crie Iris de l'autre côté du troupeau. Léon est le berger du hameau voisin qui vient faire paître ses brebis un peu partout dans le coin. Il nous fait un signe en levant son bâton. Il semble heureux de nous voir. Nous l'accompagnons jusqu'au champ où les brebis libérées de l'assaut des chiens peuvent brouter en toute sérénité.

Léon a attrapé un des agneaux, il est dans ses bras maintenant et vient vers nous. On s'est assis près de lui sur un gros rocher et nous pouvons le toucher enfin, il est très mignon. C'est un garçon nous dit-il, il tète encore sa mère, mais bientôt il broutera l'herbe comme les autres. On ne veut pas écouter la suite de l'histoire. Léon est un homme un peu brut et il nous a raconté une fois que les agneaux garçons partaient très vite à l'abattoir. On prend congé, reprenant le chemin par lequel nous étions venus.

La colline est belle, nous entendons d'autres bruits, des sabots cette fois, trois chevaux qui passent devant nous maintenant en trottant. C'est Justine, la monitrice du centre équestre qui se balade avec deux clients sans doute. Elle s'arrête à notre hauteur, laissant son cheval grappiller quelques brins d'herbe ; les autres en font autant. Elle nous reconnaît, nous allons de temps en temps faire des balades à cheval. Mon père nous y dépose et nous partons pour l'après-

midi sur les chemins du Luberon. « Alors les filles, interpelle Justine, vous vous promenez ? » Sans vraiment répondre, on s'approche de son cheval, il lève la tête et nous pouvons le caresser à loisir. Elle repart très vite, le jour commence à décliner.

Nous rentrons au coucher du soleil, main dans la main, en chantant la chanson du loup es-tu ? En riant.

Balade

Le réveil est comme la dernière fois, léger, réparateur et... solitaire aussi. J'ouvre les yeux tout doucement, je m'étire. Les rayons du soleil ont remplacé ceux de la lune la veille.

Je serais bien restée à traînailler dans ce lit, dans cette chambre, mais je sais qu'il y a cette balade et Tim m'a laissé entendre qu'il ne fallait pas démarrer trop tard.

Je me demande où il est maintenant. Au rez-de-chaussée sans doute me dis-je. La dernière fois il avait disparu avant que je me lève, cette pensée ne m'inquiète pas cette fois. Et puis je suis sans ma voiture! Il ne m'aurait pas laissée repartir à pied, me dis-je en riant toute seule.

Je sors du lit, m'habille rapidement et descends. J'entends du bruit et naturellement je me dirige vers ce bruit. J'arrive dans la cuisine où Tim met de l'eau bouillante dans une théière.

Il lève les yeux en me voyant.

– Bonjour Lila, me dit-il. As-tu bien dormi ?

Je suis sûre qu'il connaît la réponse, mais j'acquiesce, et je lui fais part du rêve merveilleux que j'ai fait.

Il sourit, s'approche près de moi et m'enlace délicatement en posant une main sur ma tempe, embrasse mes cheveux. J'aime ses gestes simples, ses attentions qu'il a.

– Viens prendre ton petit-déjeuner jolie dame, me dit-il. Il emporte un plateau dehors, sur la terrasse et sous la tonnelle très ombragée cette fois. Les fleurs de la glycine ont presque complètement ont disparu et les quelques grappes se noient dans la verdure des feuilles. Notre petit-déjeuner est agréable, mais ne dure pas très longtemps. Tim, sans me presser, s'active afin de partir dans un délai assez court.

Un moment après, nous grimpons dans une autre voiture, un tout-terrain cette fois pour rejoindre le lieu de la balade prévue, magnifique et unique comme il me l'a annoncée.

Il m'explique que nous devons marcher pas mal de temps avant d'arriver à l'endroit qu'il veut me montrer.

***

Nous partions souvent en randonnée avec Iris, dès que c'était possible, j'avais ce goût... avant. C'est vraiment la première fois que je remets des chaussures de marche aujourd'hui.

Je repense à ce week-end où Iris était venue me chercher, m'enlevant à mon bureau et à la tonne de travail qui me restait encore à faire. Elle avait argumenté, disant que j'étais en train de me dessécher, que j'étais blanche comme un linge et que j'allais finir ternie si je ne me détendais pas un peu.

***

– Mais j'aime mon job, sœurette, lui avais-je dit en souriant.
– Oui, d'accord, tu aimes ton travail, tu adores ton travail !!! Mais là ça fait plus d'un mois que je ne t'ai pas vue et il est temps d'y remédier avec au moins trois jours d'évasion avec ta frangine.
– Ça me ferait plaisir, mais je dois vraiment finir ce truc…

Avant de terminer ma phrase, mon fax s'était mis en marche. Mon client m'annonçait justement devoir s'absenter de toute urgence durant quelques jours et reportait notre rendez-vous à la semaine suivante.

Je regardai Iris incrédule.

– Dieu existe ! Avait-elle dit tout sourire. Allez, plus d'excuse ! lève tes fesses de cette chaise, prépare tes affaires, je t'emmène dans le Mercantour.

– On dirait que tu as tout organisé dis moi ? As-tu soudoyé mon client aussi ? ajoutai-je en riant.

– Non, pas jusque là, c'est l'affaire de Dieu, je viens de te le dire, m'avait-elle dit en riant de plus belle. En fait j'avais déjà prévu de partir m'oxygéner. Jérôme est obligé de travailler, un de ses collègues est tombé malade et je trouve dommage de perdre les réservations que nous avions faites dans les chambres d'hôtes et gîtes d'étapes. J'ai donc décidé de te sortir de ton bureau.

– Tu as bien fait, lui avais-je en souriant. Alors qu'est-ce que je dois prendre ?

– À part tes chaussures de marche, ton manuel sur « comment trouver l'homme idéal ? », car il me semble que tu ne l'as pas encore trouvé, non ?

– Je n'ai d'une part pas besoin de manuel et d'autre part pas besoin de chercher quelqu'un…

Je me souvenais de sa surprise : elle croyait que j'avais rencontré quelqu'un !

– Non ne te méprends pas, je voulais juste dire que je suis très bien comme je suis et tu sais ce que je pense de l'homme idéal... ou d'une histoire de conte de fées !

– Oui je sais, me coupa-t-elle, ça n'existe pas ! Sauf pour moi ?!

– Bon ! Alors on s'en va, ou on discute de ma future vie de famille ?

– On s'en va, avait-elle dit en se levant et en reprenant son humeur joyeuse. Elle m'embrassa en m'enlaçant puis me dit :

– Tu sais que je voudrais tellement que tu vives un réel bonheur comme le mien.

– Oui je sais, mais laisse-moi vivre ma propre vie, ok ?

– Ok, grande sœur.

Nous avions passé trois jours merveilleux de nature, de beauté, d'espace, de rires. Un souvenir inoubliable, intarissable dans mon esprit.

C'était notre dernière randonnée.

Depuis qu'elle n'était plus là, je n'avais plus eu envie de marcher. Mes meilleurs amis me proposaient souvent de partir avec eux, mais je détournais sans cesse leurs avances, cela m'évoquait trop Iris et c'était trop douloureux. Je m'efforçais d'y penser le moins possible, ou en tous cas de ne pas faire des choses qui me la rappelaient.

***

Je me sens mélancolique tout à coup.

Tim me sort de cet état en prenant ma main qui s'est crispée sur ma cuisse.

– Tout va bien ? me demande-t-il.

– Oui, je réponds quittant ma torpeur.

– En es-tu sûre? Je te trouve tellement lointaine.

– Eh bien... partir marcher me rappelle ma dernière randonnée avec Iris...

– Elle serait heureuse que tu fasses « cette » balade, me répond-il.

– A-t-elle quelque chose de particulier ?

– Oui, de très spécial même, mais tu t'en rendras compte dans un peu moins de deux heures. Et puis c'est un endroit vraiment merveilleux, me dit-il en me regardant tendrement.

Je souris en rougissant.

Mes pensées m'ont tellement absorbée que je n'ai pas remarqué la beauté du paysage. Nous avons sans doute quitté la départementale, car la voiture fait des embardées. Nous montons une petite route à flan de colline, chaque virage révèle vallées et montagnes plantées d'immenses cèdres. Je sens maintenant la fraîcheur des hauteurs et l'air vivifiant qui entre dans mes poumons.

Tim bifurque pour emprunter un chemin de terre dont l'état laisse à désirer, je dois me tenir à la barre située devant moi pour ne pas être ballottée dans tous les sens.

Au bout de quinze minutes à ce rythme, il range son véhicule sur une aire qui ne pourrait loger qu'un vélo de plus.

– Nous avons fini la partie motorisée me dit-il.

Je descends de la voiture, l'imitant, prends ma veste que j'accroche sur mes épaules et le rejoins à l'arrière du véhicule.

Il se charge du sac à dos qu'il a préparé et nous commençons à marcher sur un sentier étroit, mais qui nous permet d'être côte à côte.

– Tu n'as pas besoin de carte, je lui demande ?

– Non, pas pour cet endroit, je le connais tellement que je pourrais y venir les yeux fermés.

– Et tu y viens souvent ?

– Oui, dès que c'est possible. C'est un lieu un peu... magique, me dit-il en regardant ma réaction.

– Tu veux dire qu'il y a un lien entre cet endroit et celui d'où tu viens ? Je me risque.

– Oui on peut dire ça, il m'arrive d'y trouver certaines réponses à mes questions.

– Comment ça ?

– Eh bien, je dois me débrouiller le plus possible, mais si je suis face à un mur, je peux espérer obtenir ici un peu d'aide.

– Je vois... lui dis-je sans vraiment comprendre grand-chose en fait. Il le sent.

– Le lieu est réellement magnifique. Je viens m'y ressourcer, réfléchir, faire le vide et aussi le plein d'énergie, me dit-il. Et puis souvent, lorsqu'on est dans un endroit comme celui-là, les réponses arrivent d'elles-mêmes, finit-il par expliquer.

– Oui, je suis bien d'accord.

Le sentier se fait plus étroit maintenant. Nous ne pouvons plus rester côte à côte. Tim ouvre la marche et tout en avançant il dégage les branches et les broussailles qui ont repris possession des lieux.

– Quand es-tu venu ici pour la dernière fois ?

– À la fin du mois d'avril, l'an dernier.

– Après ou avant notre rencontre ? Je n'avais pas eu beaucoup à réfléchir pour me rendre compte que c'était à cette période que nous nous étions retrouvés dans ce restaurant, ce fameux soir où le climat s'était déchaîné dehors, bloquant ma voiture.

– La veille, me répond-il tout en me regardant, scrutant mes réactions.

– La veille ?

– Oui, cela te parait si étrange ? me demande-t-il un peu amusé.

– Eh bien, j'aurais dit que tu y serais venu le lendemain plutôt.

– Non, le lendemain je savais, alors qu'avant je pouvais encore avoir des doutes.

– Tu savais que j'allais venir et comment allait se dérouler la soirée ? Je continue, pensive…

Il ne répond pas tout de suite, me laissant le temps d'analyser ce qu'il vient de dire.

– Tout ça est un peu mystique j'en conviens. Mais pour l'instant, ne te préoccupe pas trop de cette partie, tu comprendras tout petit à petit. Profite des lieux autour de toi.

Pendant qu'il me parle, il se dégage du chemin que nous empruntons depuis plus d'une heure maintenant et se met sur le côté afin que je puisse contempler l'espace qui s'ouvre devant nous. Nous sommes arrivés sur un gigantesque plateau verdoyant, ponctué par des touffes de fleurs de montagnes. Je n'en crois pas mes yeux. La majesté de ce lieu inspire le respect.

– C'est magnifique, dis-je complètement ébahie.

Il est resté derrière moi comme s'il voulait me laisser seule pour apprécier le paysage.

Il prend ma main et m'emmène à travers cet immense tapis de verdure. Nous sommes pratiquement au sommet d'une montagne. La vue sur la vallée est époustouflante, des collines à perte de vue, des arbres remarquables. On a l'impression que la nature est prête à danser à la moindre demande, tout est à la fois simple et harmonieux. L'endroit est tout bonnement divin.

Tim m'invite à m'asseoir près de lui sur un gros rocher plat.

Je me pose toujours face à la vallée. Nous restons silencieux un bon moment. J'éprouve un bien-être et une profonde paix intérieure.

Je respire cet air pur, je me sens extrêmement bien. Cet endroit est vraiment magique comme l'a annoncé Tim, même si pour moi le côté magique n'est que cette puissante nature.

– J'aurais tellement aimé qu'Iris connaisse ce lieu, elle aurait adoré.

– Elle doit être contente pour toi.

– Oui, sans aucun doute, dis-je sans relever le présent de sa réplique.

– Et pour répondre à ta question de tout à l'heure... oui je savais que tu allais venir au restaurant...

Je le regarde, songeuse. Je ne suis plus étonnée de ce qu'il peut me dire.

Nous restons là encore un long moment à contempler la beauté du paysage, à écouter le chant des oiseaux, le murmure des arbres, des bruits d'animaux courant dans les broussailles au loin.

Une autre rencontre

Tim rompt le silence le premier.

– J'aimerais te montrer un autre endroit, me dit-il, enfin si tu es prête à bouger.

– Oui, je le suis.

Il m'aide à me relever et m'emmène sur un sentier qui descend légèrement. Au bout de cinq minutes seulement nous arrivons sur un petit terre-plein devant un énorme rocher à flanc de montagne. La zone est tout aussi verte, mais il est peuplé par quelques arbres.

Il s'arrête devant un renfoncement dans la roche, l'air d'attendre quelque chose.

– Il existe une lumière très particulière ici, me dit-il tournant la tête vers la paroi.

Je regarde à mon tour et aperçois une mince ouverture qui se découpe entre deux parois, à peine assez large pour le passage d'un individu.

– Qu'est-ce que c'est, une grotte ?

– Oui, une simple grotte, mais dotée d'une étrange lumière, unique en son genre. Je vais te guider si tu veux bien. Il m'entraîne à l'intérieur en me prenant par la main.

Au bout de seulement quelques pas, nous nous trouvons dans le noir complet.

– On va attendre que notre vue se fasse à l'obscurité, ne lâche pas ma main !

Nous poursuivons notre avancée. Je marche sur ses talons. Au bout de quelques dizaines de mètres, l'entrée n'est plus visible. Il me fait passer devant lui.

– Y vois-tu assez ? me demande Tim.

– Oui, c'est beaucoup mieux maintenant. Mais quel est cet endroit ? Et comment l'as-tu découvert ?

Il ne répond pas, juste au moment où je compte me retourner pour avoir son explication, j'entends un léger bruit provenant du fond de la grotte.

Je reste immobile pour voir d'où peut venir ce bruit. Perplexe, j'interroge Tim du regard.

Il se trouve à moins d'un mètre de moi, il a dû entendre la même chose, pourtant il ne dit rien, il continue à explorer les lieux.

C'est alors que je perçois une lueur venant du sommet de la grotte. Je plisse les yeux pour mieux voir. La lueur est douce et vaporeuse, elle éclaire légèrement les parois.

Je me tourne à nouveau vers Tim, interrogative. Il me regarde sans rien dire. Est-ce la lumière dont il m'a parlé ? Je me risque à avancer un peu. La lumière est constante dans sa substance, mais a l'air de changer de couleur, elle forme comme un arc-en-ciel vaporeux. Et tout ça sous terre, au fond d'une grotte ! C'est vraiment étrange et encore plus magique que tout ce qui se trouve dehors.

– Mais d'où vient ce phénomène ? je demande en me retournant vers Tim. Mais je m'interromps, croyant entendre prononcer mon prénom.

Je me fige, car je perçois maintenant un mouvement dans la lumière. J'attends, stupéfaite, curieuse de voir ce qui va se passer. La lueur se fait plus intense, m'enveloppe presque, l'ambiance devient irréelle. Des souffles d'air irréguliers soulèvent mes cheveux, caressent ma peau, mes vêtements ondulent dans ce souffle étrange.

Je reste bloquée sur place. Je ne suis pas inquiète. Au bout de quelques minutes, je risque même une avancée pour être au cœur de cette ambiance bizarre, presque envoûtante.

Avant cela je me tourne encore une fois vers Tim, et là je lui demande en silence si je peux m'approcher, il me gratifie d'un sourire confiant.

– Ne crains rien, me dit-il, je t'attendrai juste à l'entrée de la grotte. C'est un moment spécial, rien que pour toi.

Je me retourne et regarde vers la lumière. J'entends à nouveau cette voix prononcer mon prénom plus précisément cette fois. Je me raidis un peu sur place, quelques instants sans faire le moindre mouvement. Je ne rêve pas. La diction se fait moins lointaine, plus claire, c'est une voix féminine... j'écarquille les yeux, comme si par ce geste je pouvais mieux écouter. Une fois encore mon prénom retentit dans le fond de la grotte. Cette voix, je ne l'ai pas entendue depuis longtemps, mais je la reconnais bien maintenant.

– Lila, es-tu là ? la voix me questionne.

– Oui, je suis là.

– C'est moi... Iris, me dit-elle.

Je l'ai identifié sans y croire, mais il n'y a plus de doute à présent.

– Iris ! Comment est ce possible ? Tu es...

– Morte, s'empresse-t-elle de répondre. Je le suis toujours Lila, mais il faut que je te parle.

– Que tu me parles ? Mais comment peux-tu me parler ? Et où es-tu ?

– Tout près, j'avais besoin de t'entendre pour me rapprocher de toi et je vais faire en sorte que tu puisses me voir maintenant.

– Te voir ? Est-ce possible ?

À cet instant la masse de lumière se concentre devant moi et les volumes se font plus denses, je reconnais les contours du corps de ma sœur dans une sorte de robe blanche vaporeuse. Elle semble flotter au-dessus du sol. Elle me regarde, souriante.

– Iris, c'est tellement merveilleux de pouvoir te voir, mais comment est-ce possible ? Tandis que je parle, des larmes roulent sur mes joues sans que je m'en rende compte, l'émotion est trop forte.

– Lila, je suis heureuse de te voir aussi, j'ai patienté si longtemps pour que cette entrevue soit réalisable.

– Comment ça, patienté ?

– Normalement ce genre de rencontre n'est pas franchement possible, nous sommes censés avoir parcouru une vie pleine en quittant le monde des vivants, la mienne ne l'était pas...

Elle s'interrompt brusquement et je devine qu'elle ne veut pas revenir sur les conditions de sa mort.

– Enfin, reprend-elle, je n'aurais pas dû te laisser comme ça, par ma faute tu as failli perdre la vie toi aussi.

Son apparence devient plus dense, au point que je peux maintenant la voir vraiment devant moi. Elle m'invite à la suivre près d'un grand rocher en forme de banc où nous nous asseyons, elle dans sa forme vaporeuse et moi bien réelle à ses côtés.

Elle explique le geste qui a déclenché sa chute vers la mort et le néant, je l'écoute sans l'interrompre. C'est aussi dur à dire qu'à entendre, j'ai l'impression qu'elle pleure en même temps que moi. Elle me demande pardon pour son acte.

– Tu sais, je suis venue te voir quand tu étais dans le coma, je t'ai parlé longuement, te suppliant de t'accrocher, mais tu étais tellement déterminée à vouloir me rejoindre, j'étais impuissante.

Je l'écoute, mes larmes continuent à couler sans cesse.

– Et puis est arrivé Phil et j'ai entrevu un nouvel espoir. J'ai vu qu'il se passait quelque chose au plus profond de ton inconscient, alors je me suis retirée et je l'ai laissé œuvrer.
– Est-ce normal ce genre de rencontre ?
– Non ce n'est pas très courant, mais il fallait que je te dise, que je te fasse comprendre que je suis la seule responsable du désastre de ma fin de vie. Tu n'es en rien fautive et tu dois arrêter de te sentir coupable.

Je baisse les yeux.

– C'est ce que tout le monde ne cesse de me dire, je lui avoue.

– Oui, mais cette fois c'est moi qui te le dis, je suis la seule qui puisse te raconter ce qui s'est vraiment passé et te dire que tu n'es coupable de rien me concernant. Et puis j'ai autre chose à te dire aussi.

– Oui ?

– Maintenant que tu ne vas plus te sentir responsable de ma mort, tu vas penser à toi et pouvoir organiser ta vie autrement.

Je la regarde sans cesse, mes larmes ne tarissent pas et coulent le long de mes joues.

– Lila, je sais que quelque chose s'est déclenché en toi depuis ton retour, ce quelque chose que tu n'avais pas avant et que je ne comprenais pas toujours. Je t'ai suffisamment embêté avec ça. Maintenant tout est différent, tu as enfin le droit à ce bonheur, il est là, à portée de tes mains, laisse-le entrer, laisse-le t'envahir. Vis pleinement ce bonheur, tu dois le faire pour toi et aussi pour moi, ce sera un peu ma récompense de te savoir de retour parmi les vivants.

Je pleure de plus belle.

– Je pensais que cela ne m'arriverait jamais.

– Je sais, et j'ai failli le croire moi aussi, me dit-elle en me souriant. Mais tout est différent désormais, tu es différente et tu perçois ces sentiments qui t'ont fait défaut par le passé. Tu retrouves enfin le chemin de cette vie que tu aurais dû avoir depuis longtemps.

– Tu me manques Iris, tu me manques tellement.

– Oui je sais, à moi aussi tu me manques. Mais tu n'es plus seule maintenant. L'homme qui t'a amenée ici est l'homme de ta vie, de tes vies passées, tu seras comblée et aimée.

– L'as-tu déjà rencontré, le lui demande.

– J'ai surtout parlé avec son mentor Adrien, il a bien voulu écouter mes requêtes, c'est quelqu'un de très compréhensif. Et pour répondre à ta question, j'ai rencontré Phil une fois vers la fin de ton traitement. Normalement je n'aurais pas dû interférer dans ce travail, mais j'étais tellement impliquée qu'ils ont bien voulu me laisser entrer, là est l'essentiel, le reste il saura te l'apprendre petit à petit.

– Et toi maintenant ? Je lui demande.

– Je vais repartir, je dois accomplir encore certaines choses…

Je ne veux pas qu'elle parte, pas déjà, nous venons de nous retrouver, elle ne peut pas partir si vite...

Elle le sent, ou entend mes pensées, car elle répond sans attendre.

– Lila, si tu savais comme il a été difficile d'aménager cette rencontre...

– Mais pourquoi ? Je lui demande un peu brusquement.

– Eh bien, pour certaines personnes une telle expérience peut se révéler désastreuse et même destructrice.

Je réfléchis à ce qu'elle vient de me dire.

– Oui, je peux le comprendre.

– C'est pour cela que ces rencontres n'arrivent quasiment jamais.

– C'est dommage, ça permet d'expliquer tellement de choses.

– Oui, je suis bien d'accord.

On se regarde, elle me sourit d'un beau sourire empreint de sérénité, de maturité et de confiance. Je me sens bien à ses côtés.

– Te reverrai-je ? Je me risque.

– Non ma chérie ce ne sera plus possible, me répond-elle avec douceur, on ne me le permettra pas.

Mes larmes se remettent à couler de plus belle. J'aurais voulu lui tenir la main, la serrer jusqu'à lui faire mal.

– Ne t'inquiète pas, tout ira bien. Je serai toujours là lorsque tu auras besoin de moi, concentre-toi sur moi et tu sentiras ma présence.

– Ce n'est pas juste... je lui dis dans un sanglot.

– Non, je sais bien, mais ce qui serait surtout injuste, c'est que tu ruines ta vie à cause de moi, à cause de la destruction que j'ai infligée à la mienne.

Elle se rapproche de moi, j'ai l'impression de sentir le contour de son corps.

Je sanglote encore et encore.

– Ne pleure pas sœurette, je suis là, je serai toujours là.

Je m'effondre, la tête sur ses genoux. Elle m'enveloppe de la forme étrange qu'a son corps, mi-vaporeux, mi-lumineux, j'ai la sensation que sa main caresse mes cheveux alors que je continue à pleurer.

***

Je me réveille dans les bras de Tim qui me porte hors de la grotte. J'ai dû m'endormir longtemps, car le soleil qui me semblait haut tout à l'heure est maintenant juste au-dessus de la colline qui nous fait face.

Mes bras autour de lui, ma tête dans son cou, je le regarde et me laisse faire.

Il me pose sur le sol, sur terre-plein qui se trouve près du rocher où nous étions avant ma visite dans la grotte. Il s'assied derrière moi si bien que je me situe devant lui, ses jambes de chaque côté de moi.

Il sort de son sac une petite couverture qu'il pose sur mon corps et m'enveloppe de ses bras.

Nous regardons vers la vallée, le soleil descend peu à peu et bientôt il sera caché. L'ambiance change rapidement, le ciel prend des tons orangés.

– Je suis désolée, je lui dis, je suis restée longtemps...
– C'était nécessaire, me dit-il simplement.
– Iris ? Je me risque à demander.
– Elle est où est sa place désormais.

J'évalue sa réponse. Je repense à ce qu'Iris m'a dit, elle avait encore des choses à régler.

– C'était intense, lui dis-je.

Je m'efforce de ne pas poser de questions sur le devenir d'Iris, j'y reviendrai sans doute plus tard.

– Oui, ce genre de rencontre est toujours très puissante.
– C'était... douloureux aussi, j'ajoute.

– Elle sera éternellement là et puis le temps fera le reste, tu arriveras à panser tes blessures.

– Oui, je l'espère…

Je me remémore les paroles de Iris dans la grotte, elle m'a dit être venue près de moi vers la fin de mon coma. Quelque chose m'interpelle maintenant, elle a parlé de Phil qui était près de moi et de son mentor Adrien. Mais elle m'a dit aussi que l'homme avec qui j'étais venu était l'homme de ma vie, et bizarrement il me semble bien qu'elle parlait de la même personne lorsque je lui ai demandé si elle le connaissait.

Avant que j'aie pu formuler la moindre question à haute voix, Tim tout en me caressant les cheveux avec la douceur et la délicatesse que je peux espérer en ces instants difficiles répond à mes interrogations intérieures.

– Tu te souviens qu'un jour je t'ai dit que Tim était un diminutif sans aucune relation avec mon vrai prénom ?

Je me redresse pour le regarder dans les yeux, son sourire est rempli de compassion et d'un peu de culpabilité.

– Phil ? Tu es Philippe ?

– Phil en fait, je suis désolé, c'était une précaution supplémentaire.

Je ne lui en veux pas bien sûr, je suis même soulagée de cette révélation, tout s'éclaircit dans mon esprit. Reste cet Adrien, mais à cette heure je n'ai plus envie de poser de question. Je me blottis à nouveau contre lui.

– Je t'aiderai, me dit-il, tout ira bien tu verras.

Je me retourne vers lui, le regarde encore et me plonge dans la profondeur de ses yeux verts. Une larme coule sans que je ne puisse rien y faire, il l'essuie avec son pouce et m'embrasse tendrement.

Je souris, je suis lasse et paisible à la fois.

Sans rien dire, nous contemplons la vallée un long moment qui devient de plus en plus sombre.

***

Phil brise le silence le premier.

– Il nous faut rentrer si nous ne voulons pas être dévorés par les loups, dit-il sur un ton moqueur.
– Les loups ? Je me risque incrédule.
– Normalement il n'y en a pas, mais avec une jolie fille dans les bois ils pourraient bien rappliquer, me dit-il amusé.
– Alors ne laissons pas ce festin à ces canidés, je lui réponds moqueuse à mon tour.

Je me lève péniblement et un peu engourdis.

Après avoir rassemblé nos affaires, nous reprenons le sentier par lequel nous sommes arrivés.

Je me retourne une dernière fois vers l'entrée de la grotte. Je scrute la faille par laquelle j'ai pénétré plus tôt, espérant y voir peut-être un signe d'Iris, mais il ne se passe rien.

Phil s'est arrêté au début du chemin et m'attend silencieux.

Je le rejoins sans rien dire, il ne dit rien non plus. Il prend ma main et nous commençons à marcher.

***

Dans la voiture sur le chemin du retour, Tim ou plutôt Phil ne parle pas, il semble me laisser ce temps de silence, de repli, peut-être pour digérer un peu ce que je viens de vivre. J'en suis reconnaissante. Les informations tournent en boucle dans ma tête et je tiens à les ranger peu à peu. Je sais que j'y parviendrais au fur et à mesure qu'elles ressortiront, j'ai tant de choses à éclaircir, tout est tellement irrationnel.

Pourtant j'ouvre la conversation. Je me demande comment Phil a pu quitter ce monde, comment est-ce possible ! Je le questionne à ce sujet. Il me raconte comment ils ont envisagé ce retour avec Adrien d'abord, puis le reste de la communauté, tous doivent être d'accord. Ce n'est pas simple m'a-t-il dit, entre le côté technique de la chose et la décision à prendre.

– Et si je n'avais pas réagi, aurais-tu pu repartir ?

– Ah non, c'est définitif ce genre de décision, m'a-t-il répondu.

L'idée de se perdre entre cette vie qu'il avait retrouvée et le monde dans lequel il vivait auparavant me fait frémir. Je n'aurais pas aimé être la cause de son oubli ici.

– Je n'étais pas inquiet Lila, j'avais confiance en toi et je savais que tu réagirais dans le bon sens.

Je lui souris. Je suis heureuse maintenant, très heureuse qu'il ait fait ce choix.

– C'était un vrai bon choix, me dit-il pour clore ma pensée.

Épilogue

Dans le grand tilleul rempli de fleurs odorantes, les abeilles se pressent, se bousculant presque en s'activant pour stocker le plus de pollen possible sous leurs pattes avant de repartir vers la ruche. C'était l'extase, elles s'affolent, s'excitent, c'est palpable.

Sous l'arbre imposant et dans ce bourdonnement incessant, Adrien se tient immobile, assis dans son fauteuil en rotin, tourné vers la vallée. Il parait profondément paisible et concentré en même temps, il crayonne. C'est une joie pour lui de reprendre ses fusains et son papier cartonné, l'inspiration est là. Il est sorti de chez lui ce matin-là avec cette idée qui lui chatouillait les doigts. Dessiner simplement et naturellement était nécessaire et libérateur, comme une récompense, c'est ce qu'il ressent.

Hormis la danse sonore des abeilles, rien ne vient perturber l'endroit. Pas d'agitation même lointaine, pas de mouvement, le souffle de l'air est calme.

Il aimera sans doute avoir plus d'activité à un autre moment, plus tard. Lorsque le temps se sera un peu écoulé, lorsqu'il aura retrouvé un équilibre dans son quotidien. Pour l'heure il lui faut du repli, une sorte de retour aux sources comme un nettoyage intérieur profond.

L'histoire qu'il a vécue avec Phil est particulière, il le sait maintenant. Depuis la première rencontre, dès l'arrivée de Phil parmi eux il y avait eu une entente spéciale avec lui, comme un lien invisible et pourtant bien réel.

Adrien pose son bloc sur le muret. Il ferme les yeux, pour dissiper l'émotion qu'il sent arriver lorsqu'il repense à Phil, un sentiment mêlé à de la joie, du bonheur, mais aussi un peu de tristesse, il doit bien se l'avouer. Il reste encore un moment dans son grand fauteuil en rotin, ouvre les yeux doucement, ressent l'espace autour de lui, la brise légère, les rayons du soleil qui filtrent entre les branches et qui dansent sur ses paupières mi-closes.

Il n'a pas vu arriver, au loin sur le chemin de terre, la silhouette encapuchonnée, il n'a pas entendu son pas dans les graviers. Il se tient derrière lui maintenant. Le visiteur est immobile, observant le dessin d'Adrien posé sur le muret. Il laisse passer quelques instants.

Finalement Adrien ouvre les yeux complètement, il sait que quelqu'un se trouve là, juste derrière lui. Il sait même de qui il s'agit et se sent heureux.

– En fin de compte elle n'était pas si faible que cela... dit l'individu derrière lui.

La voix est calme, posée.

Adrien sourit, il éprouve une sorte de satisfaction profonde, intérieure.

L'homme reprend.

– Vous ne le reverrez plus désormais.

– Sans doute plus jamais, non, dit Adrien.

L'autre s'avance, retire sa capuche et vient s'asseoir sur le muret près d'Adrien.

Les deux hommes parlent longtemps, heureux d'être ensemble. Finalement ils ont eu raison tous les deux de leurs choix. L'un pour avoir tenu à aider Phil et Lila à se retrouver et l'autre pour avoir su entendre les demandes d'Adrien lors de cette réunion difficile du conseil.

– L'histoire ne s'arrête pas là ? questionne le conseiller.

– Non, elle ne s'arrête pas là, répond simplement Adrien. Les deux hommes font silence et regardent vers la vallée.

***

Les couleurs sont douces sur son papier. On peut distinguer une rivière qui se termine en cascade, de grands blocs de pierre, dans le fond, des arbres immenses aux feuilles d'un vert très clair. Deux personnages sont sur un chemin à l'orée de cette forêt, ils se tiennent par la main.

***

Un peu de moi.

Une deuxième chance est mon premier roman. Il a traversé les péripéties de ma vie personnelle, mes changements, mes bouleversements. Il est d'ailleurs né d'un de ces changements, c'est à partir de là que j'ai commencé à écrire un premier livre.

Je l'ai rêvé avant de le mettre sur le papier, je ne savais pas comment faire alors j'ai écrit sans rien préparer, comme ça, un peu désaccordé. Et puis peu à peu l'histoire s'est matérialisée, s'est construite et a donné un livre avec un début, une fin et plein de choses à l'intérieur.

J'y ai versé des larmes, et normalement vous aussi. Il a été revu plusieurs fois depuis sa première sortie. Je crois que je pourrai le ré-écrire à l'infini, comme un air de musique qui ne serait jamais parfait. Je viens de vous livrer sa dernière version à ce jour.

Je prépare la suite de cette histoire, on y retrouvera Phil et Lila bien sûr, mais aussi Adrien et d'autres restés dans l'ombre.

Si vous aimez ce livre, le meilleur moyen de me récompenser est de laisser un commentaire là où vous l'avez acheté et à défaut sur Amazon qui est la plus grosse plateforme de vente du moment. Ainsi vous donnerez la possibilité à d'autres chercheurs de « nouvelles lectures » de découvrir celui-ci.

Si vous voulez m'exprimer vos retours directement ou me poser des questions, vous pouvez le faire en m'écrivant sur mon e-mail :

contact@valeriegreffeuille-auteure.fr

Vous pouvez également me suivre sur mon site :

valeriegreffeuille-auteure.fr

Sur Facebook : ValerieGreffeuilleAuteure

Sur twitter : valeriegreffeui

Je vous souhaite une belle route de vie et vous dis à très vite.

Valérie Greffeuille auteure

Lire mon autre roman publié : Ma vie si simple, tome 1 - janvier2020

Suivi de la suite à paraître : Et tout se complique, tome 2 – mars 2020

Remerciements.

Je remercie mes premières lectrices critiques et amies Mishka, Paule.

Un grand merci à Geneviève qui a travaillé sans modération aux corrections de ce roman, ainsi qu'à Marinie qui a été la première à me relire.

Merci à mon entourage, mes enfants et mes amis de m'avoir soutenue durant cette première aventure, je les remercie de croire en moi et en ma passion pour l'écriture.

Une deuxième chance - Tome 1

Lightning Source UK Ltd.
Milton Keynes UK
UKHW020745250821
389444UK00014B/912